JEREMIAS GOTTHELF

ELSI, DIE SELTSAME MAGD

DER BESENBINDER VON RYCHISWYL

PHILIPP RECLAM JUN. STUTTGART

Der Text folgt: Jeremias Gotthelf. Sämtliche Werke in 24 Bänden. Herausgegeben von Rudolf Hunziker und Hans Bloesch. Erlenbach-Zürich: Eugen Rentsch Verlag (Elsi, die seltsame Magd: Band 17, 1936; Der Besenbinder von Rychiswyl: Band 21, 1927).

Universal-Bibliothek Nr. 7747
 Satz: Walter Rost, Stuttgart
Druck und Bindung: Reclam, Ditzingen
Printed in Germany 1981
ISBN 3-15-007747-8

Elsi, die seltsame Magd

Reich an schönen Tälern ist die Schweiz, wer zählte sie wohl auf? In keinem Lehrbuch stehn sie alle verzeichnet. Wenn auch nicht eins der schönsten, so doch eines der reichsten ist das Tal, in welchem Heimiswyl liegt, und das oberhalb Burgdorf ans rechte Ufer der Berner Emme sich mündet. Großartig sind die Berge nicht, welche es einfassen, in absonderlichen Gestalten bieten sie dem Auge sich nicht dar, es sind mächtige Emmentaler Hügel, die unten heitergrün und oben schwarzgrün sind, unten mit Wiesen und Äckern eingefaßt, oben mit hohen Tannen bewachsen. Weit ist im Tale die Fernsicht nicht, da es ein Quertal ist, welches in nordwestlicher Richtung ans Haupttal stößt; die Alpen sieht man daher nur auf beiden Eggen [1], welche das Tal umfassen, da aber auch in heller Pracht und gewaltigem Bogen am südlichen Himmel. Herrlich ist das Wasser, das allenthalben aus Felsen bricht, einzig sind die reichbewässerten Wiesen und trefflich der Boden zu jeglichem Anbau, reich ist das Tal und schön und zierlich die Häuser, welche das Tal schmücken. Wer an den berühmten Emmentaler Häusern sich erbauen will, der findet sie zahlreich und ausgezeichnet in genanntem Tale.

Auf einem der schönen Höfe lebte im Jahr 1796 als Magd Elsi Schindler (dies soll aber nicht der rechte Name gewesen sein); sie war ein seltsam Mädchen, und niemand wußte, wer sie war, und woher sie kam. Im Frühjahr hatte es einmal noch spät an die Türe geklopft, und als der Bauer zum Läufterli [2] hinausguckte, sah er

1. Egg heißen im Emmental die meist langgestreckten, flachen Hügelrücken, die für die Landschaft außerordentlich charakteristisch sind.
2. Schiebefensterchen.

ein großes Mädchen draußen stehen mit einem Bündel unter dem Arme, das über Nacht fragte, nach altherkömmlicher Sitte, nach welcher jeder geldlose Wanderer, oder wer sonst gerne das Wirtshaus meidet, um Herberge frägt in den Bauernhäusern und nicht nur umsonst ein Nachtlager erhält, bald im warmen Stall, bald im warmen Bette, sondern auch abends und morgens sein Essen und manchmal noch einen Zehrpfennig auf den Weg. Es gibt deren Häuser im Bernbiet, welche die Gastfreundschaft täglich üben den Morgenländern zum Trotz, und deren Haus selten eine Nacht ohne Übernächtler ist. Der Bauer hieß das Mädchen hereinkommen, und da sie eben am Essen waren, hieß er es gleich zuchehocke (zu Tisch sitzen). Auf der Bäurin Geheiß mußte das Weibervolk auf dem Vorstuhl [3] sich zusammenziehen, und zu unterst auf selbigen setzte sie die Übernächtlerin.

Man aß fort, aber einige Augenblicke hörte man des Redens nicht viel, alle mußten auf das Mädchen sehen. Dasselbe war nämlich nicht nur groß, sondern auch stark gebaut und schön von Angesicht. Gebräunt war dasselbe wohl, aber wohl geformt, länglicht war das Gesicht, klein der Mund, weiß die Zähne darin, ernst und groß waren die Augen, und ein seltsam Wesen, das an einer Übernächtlerin besonders auffiel, machte, daß die Essenden nicht fertig wurden mit Ansehen. Es war eine gewisse adeliche Art an dem Mädchen, die sich weder verleugnen noch annehmen läßt, und es kam allen vor, als säße sie da unten als des Meisters Tochter oder als eine, die an einem Tische zu befehlen oder zu regieren gewohnt sei. Es verwunderten sich daher alle, als das Mädchen auf die endlich erfolgte Frage des Bauern: „Wo chunnst, und wo wottsch (wo

3. Vorstuhl nennt man im bernischen Bauernhaus die freistehende Bank vor dem großen Tisch. Auf der anderen Seite, den Fenstern entlang, läuft eine feste Bank.

kommst du her, und wo willst du hin)?" antwortete: es sei ein arm Meitli (Mädchen), die Eltern seien ihm gestorben, und es wolle Platz suchen als Jungfere (Magd) da in den Dörfern unten. Das Mädchen mußte noch manche Frage ausstehen, so ungläubig waren alle am Tisch. Und als endlich der Bauer mehr zur Probe als im Ernste sagte: „Wenn es dir ernst ist, so kannst hier bleiben, ich mangelte eben eine Jungfere", und das Mädchen antwortete, das wäre ihm gerade das Rechte, so brauchte es nicht länger herumzulaufen, so verwunderten sich alle noch mehr und konnten es fast nicht glauben, daß das eine Jungfere werde sein wollen.

Und doch war es so und dem Mädchen bitterer Ernst, aber freilich dazu war es nicht geboren. Es war eine reiche Müllerstochter aus vornehmem Hause, aus einem der Häuser, von denen ehedem, als man das Geld nicht zu nutzen [4] pflegte, die Sage ging, bei Erbschaften und Teilungen sei das Geld nicht gezählt, sondern mit dem Mäß gemessen worden. Aber in der letzten Hälfte des vergangenen Jahrhunderts war ein grenzenloser Übermut eingebrochen, und viele taten so übermütig wie der verlorne Sohn, ehe er zu den Trebern kam. Damals war es, daß reiche Bauernsöhne mit Neutalern in die Wette über die Emme warfen und machten: „Welcher weiter?" Damals war es, als ein reicher Bauer, der zwölf Füllimähren [5] auf der Weide hatte, an einem starkbesuchten Jahrmarkt austrommeln ließ: wer mit dem Rifershäuserbauer zu Mittag essen und sein Gast sein wolle, der solle um zwölf Uhr im Gasthause zum Hirschen sein. So einer war auch des Mädchens Vater gewesen. Bald hielt er eine ganze Stube voll Leute zu Gast, bald prügelte er alle, die in einem Wirtshause waren, und leerte es; am folgenden

4. Geld nutzen bedeutet Geld auf die Bank bringen, wo es Zinsen trägt.
5. Fohlen.

Morgen konnte er dann ausmachen um schwer Geld dutzendweise. Er war imstande, als Dragoner an einer einzigen Musterung hundert bis zweihundert Taler zu brauchen und ebensoviel an einem Markt zu verkegeln. Wenn er zuweilen recht einsaß in einem Wirtshause, so saß er dort acht Tage lang, und wer ins Haus kam, mußte mit dem reichen Müller trinken, oder er kriegte Schläge von ihm. Auf diese Weise erschöpft man eine Goldgrube, und der Müller ward nach und nach arm, wie sehr auch seine arme Frau dagegen sich wehrte und nach Vermögen zur Sache sah.

Sie sah das Ende lange voraus, aber aus falscher Scham deckte sie ihre Lage vor den Leuten zu. Ihre Verwandten hatten es ungern gesehen, daß sie den Müller geheiratet, denn sie war von braven Leuten her, welchen das freventliche Betragen des Müllers zuwider war; sie hatte es erzwungen und auf Besserung gehofft, aber diese Hoffnung hatte sie betrogen — wie noch manche arme Braut — und statt besser war es immer schlimmer gekommen. Sie durfte dann nicht klagen gehen, und darum merkten auch die Leute, gäb wie sie sich wunderten, wie lange der Müller es machen könnte, den eigentlichen Zustand der Dinge nicht, bis die arme Frau, das Herz vom Geier des Grams zerfressen, ihr Haupt neigte und starb. Da war nun niemand mehr, der sorgte und zudeckte; Geldmangel riß ein, und, wo der sichtbar wird, da kommen wie Raben, wenn ein Aas gefallen, die Gläubiger gezogen und immer mehrere, denn einer zieht den andern nach, und keiner will der letzte sein. Eine ungeheure Schuldenlast kam an Tag, der Geltstag (Konkurs) brach aus, verzehrte alles, und der reiche Müller ward ein alter, armer Hudel, der in der Kehr[6] gehen mußte von Haus zu Haus gar manches Jahr,

6. In der Kehr gehen bedeutet von einem Bauern zum andern gehen, um dort aus Gnade oder Pflicht gespeist oder

denn Gott gab ihm ein langes Leben. So aus einem reichen Mann ein armer Hudel zu werden und als solcher so manches Jahr umgehen zu müssen von Haus zu Haus, ist eine gerechte Strafe für den, der in Schimpf und Schande seine Familie stürzt und sie so oft noch um mehr bringt als um das leibliche Gut. So einer ist aber auch eine lebendige Predigt für die übermütige Jugend, ob welcher sie lernen mag das Ende, welches zumeist dem Übermute gesetzet ist.

Zwei Söhne hatte der Müller, diese waren schon früher der väterlichen Roheit entronnen, hatten vor ihr im fremden Kriegsdienst Schutz gesucht. Eine Tochter war geblieben im Hause, die schönste, aber auch die stolzeste Müllerstochter das Land auf und ab. Sie hatte wenig teilgenommen an den Freuden der Jugend; sie gefielen ihr nicht, man hielt sie zu stolz dazu. Freier hatten sie umlagert haufenweise, aber einer gefiel ihr so schlecht als der andere, ein jeder erhielt so wenig ein freundlich Wort als der andere. Ein jeder derselben ward ihr Feind und verschrie ihren Übermut. Zu einem aber ward sie nie zu stolz erfunden, zur Arbeit nämlich und zu jeglicher Dienstleistung, wo Menschen oder Vieh derselben bedurften. Von Jugend an war sie früh auf, griff alles an, und alles stund ihr wohl, und gar oft waren es die Eltern, die ihren Willen hemmten, ihr dies und jenes verboten, weil sie meinten, einer reichen Müllerstochter zieme solche Arbeit nicht. Dann schaffte sie gar manches heimlich, und oft, wenn ihre kranke Mutter des Nachts erwachte, sah sie ihre Tochter am Bette sitzen, während sie doch einer Magd zu wachen befohlen, ihre Tochter aber mit allem Ernst zu Bette geheißen hatte.

Als nun die Mutter gestorben war und das Unglück

beherbergt zu werden, eine früher allgemein übliche Art der Armenunterstützung.

ausbrach, da wars, als wenn ein Blitz sie getroffen. Sie jammerte nicht, aber sie schien stumm geworden, und die Leute hatten fast ein Grausen ob ihr, denn man sah sie oft stehen auf hohem Vorsprung oder an tiefem Wasser und ob den Mühlrädern am Bache, und alle sagten, es gebe sicher ein Unglück, aber niemand reichte die Hand, selbigem auf irgendeine Weise vorzubeugen. Alle dachten, und viele sagten es, es geschehe Elsi recht, Hochmut komme vor dem Falle, und so sollte es allen gehen, die so stolz wie Elsi täten; und als dasselbe am Morgen, als alles aufgeschrieben werden sollte, verschwunden war, sagten alle: da hätte mans, und sie hätten es längst gesagt, daß es diesen Ausweg nehmen würde. Man suchte es in allen Bächen, an jungen Tannen, und als man es nirgends fand, da deuteten einige darauf hin, daß einer sei, der schon viele geholt und absonderlich Stolze und Übermütige, und noch nach manchem Jahre ward stolzen Mädchen darauf hingedeutet, wie einer sei, der gerade stolze am liebsten nehme, sie sollen nur denken an die reiche Müllerstochter, die so ungesinnet verschwunden sei, daß man weder Haut noch Haar je wieder von ihr gesehen.

So übel war es indes Elsi nicht ergangen, aber Böses hatte es allerdings in den ersten Tagen im Sinne gehabt. Es war ihm gewesen, als klemme jemand ihm das Herz entzwei, als türmten sich Mühlsteine an seiner Seele auf; es war ein Zorn, eine Scham in ihm, und die brannten ihns, als ob es mitten in der Hölle wäre. Allen Leuten sah es an, wie sie sein Unglück ihm gönnten, und wenn man ihm alle Schätze der Welt geboten hätte, es wäre nicht imstande gewesen, einem einzigen Menschen ein freundlich Wort zu geben.

Indessen wachte über dem armen Kinde eine höhere Hand und ließ aus dessen Stolze eine Kraft emporwachsen, welche demselben zu einem höhern Entschlusse half; denn so tut es Gott oft, eben aus dem Kerne, den die Menschen verworfen, läßt er emporwachsen die edelste Frucht. Der Stolz des Mädchens war ein angeborner Ekel gegen alles Niedere, geistig Hemmende, und wer es einmal beten gesehen hätte, hätte auch gesehen, wie es sich demütigen konnte vor dem, in dem nichts Niederes, nichts Gemeines ist. Aber sein Inneres verstund es nicht, sein Äußeres beherrschte es nicht, und darum gebärdete es sich wie eine reiche Müllerstochter, welcher die ganze Welt nicht vornehm genug ist. Da weg wollte es, aber vor der Untat schauderte es; die Schande wollte es seiner Familie nicht antun, wollte nicht die Seele mit dem Leibe verderben, aber wie sich helfen, wußte es lange nicht. Da, in stiller Nacht, als eben seine Angst um einen Ausweg am größten war, öffnete ihm Gott denselben. Weit weg wollte es ziehen, Dienst suchen als niedere Magd an einsamem Orte, dort in Stille und Treue unbekannt sein Leben verbringen, solange es Gott gefalle. Wie in starken Gemütern kein langes Werweisen ist, wenn einmal ein Weg offen steht, so hatte es noch in selber Nacht sich aufgemacht, alle Hoffart dahintengelassen, nur mitgenommen, was für eine Magd schicklich war, keinem Menschen ein Wort gesagt und war durch einsame Steige fortgegangen aus dem heimischen Tale. Manchen Tag war es gegangen in die Kreuz und Quere, bald gefiel es ihm nicht, bald gedachte es an bekannte Namen, die hier oder dort wohnten, und so war es gekommen bis ins Heimiswyltal. Dort hinten im heimeligen Tale gefiel es ihm, es suchte Dienst und fand ihn.

Die rasche Aufnahme desselben war anfangs der Bäurin nicht recht, sie kapitelte den Mann ab, daß er ihr da eine aufgebunden habe, die so zimpfer aussehe und zu hochmütig, um sich etwas befehlen zu lassen. Des tröstete sie der Bauer, indem das Mädchen ja nicht für eine bestimmte Zeit gedungen sei, man also dasselbe schicken könne, sobald es sich nicht als anständig erweise. Auch dem übrigen Gesinde war die Aufnahme des Mädchens nicht recht, und lang ging dasselbe um ihns herum wie Hühner um einen fremden Vogel, der in ihrem Hof absitzt.

Aber bald erkannte die Bäurin, daß sie in Elsi ein Kleinod besitze, wie sie keines noch gehabt, wie es mit Geld nicht zu bezahlen ist. Elsi verrichtete, was es zu tun hatte, nicht nur meisterhaft, sondern es sinnete auch selbst, sah, was zu tun war, und tat es ungeheißen rasch und still, und wenn die Bäurin sich umsah, so war alles schon abgetan alswie von unsichtbaren Händen, als ob die Bergmännlein da gewesen wären. Das nun ist einer Meisterfrau unbeschreiblich anständig, wenn sie nicht an alles sinnen, allenthalben nachsehen muß, wenn sie nicht nur das Schaffen, sondern auch das Sinnen übertragen kann, aber sie findet selten einen Dienst [7], bei welchem sie dieses kann. Viele Menschen scheinen nicht zum Sinnen geboren, und viele wiederum haben ihre Gedanken nie da, wo es nötig wäre, und wenige sind, die wache Sinne haben, geleitet und gehütet von klarem Verstande, und aus diesen wenigen sind wiederum wenige, die zum Dienen kommen, oder dienen selten lange, denn das sind geborene Meisterleute. Daneben hatte Elsi nichts auf Reden, mit niemand Umgang, und, was es sah im Hause oder hörte, das blieb bei ihm, keine Nachbarsfrau vernahm davon das mindeste, sie mochte es anstellen, wie sie wollte. Mit dem Gesinde machte es sich nicht gemein. Die rohen Späße der Knechte wies es auf eine Weise zurück, daß sie dieselben nicht wiederholten, denn Elsi besaß eine Kraft, wie sie selten ist beim weiblichen Geschlechte, und dennoch ward es von demselben nicht gehaßt. Niemanden verklagte es, und wenn es Knecht oder Magd einen

7. Dienstboten.

Dienst tun konnte, so sparte Elsi es nicht, und manches tat es ab in der Stille, was die andern vergaßen und deshalb hart gescholten worden wären, wenn die Meisterleute es gesehen hätten.

So ward Elsi bald der rechte Arm der Meisterfrau, und wenn sie etwas auf dem Herzen hatte, so war es Elsi, bei dem sie es erleichterte. Aber eben deswegen ärgerte es sie an Elsi, daß es nicht Vertrauen mit Vertrauen vergalt. Natürlich nahm es sie wunder, wer Elsi war, und woher es kam, denn, daß es nicht sein Lebtag gedient hatte, sondern eher befohlen, das merkte sie an gar vielem, besonders eben daran, daß es selbst dachte und alles ungeheißen tat. Sie schlug daher oft auf die Stauden und frug endlich geradeaus. Elsi seufzte wohl, aber sagte nichts und blieb fest dabei, wie auch die Meisterfrau ansetzte auf Weiberweise, bald mit Zärtlichkeit und bald mit Giftigkeit. Heutzutage hätte man es kürzer gemacht und nach den Schriften gefragt, absonderlich nach dem Heimatschein, den man hinterlegen müsse, wenn man nicht in der Buße sein wollte; damals dachte man an solche Dinge nicht, und im Bernbiet konnte man sein Lebtag inkognito verweilen, wenn man nicht auf irgendeine absonderliche Weise der Polizei sich bemerkbar machte.

Wie sehr dies auch die Frau verdroß, so lähmte es doch ihr Vertrauen nicht, und wenn sie Donnstags nicht nach Burgdorf auf den Markt konnte, wohin schon damals die Heimiswyler Weiber alle Donnstage gingen, so sandte sie Elsi mit dem, was Verkäufliches bei der Hand war, und Aufträgen, wie des Hauses Bedarf sie forderte. Und Elsi richtete aufs treulichste alles aus und war heim, ehe man daran dachte, denn nie ging es in ein Wirtshaus, weder an Markttagen noch an Sonntagen, wie ihm auch zugeredet ward von alt und jung. Anfangs meinte man, sein Weigern sei nichts als die übliche Ziererei, und fing an, nach Landessitte zu schreißen[8] und zu zerren, aber es half nichts, Elsi blieb standhaft. Man sah es mit Erstaunen; denn ein solch Mädchen, das sich nicht zum Weine schreißen ließ, war noch keinem vorgekommen. Am Ende setzte man ab mit Versuchen und kriegte Respekt vor ihm.

Wenn aber einmal die jungen Leute vor einem schönen Mädchen Respekt kriegen, da mag es wohl nach und nach sicher werden vor denen, welche Mädchen wie Blumen betrachten, mit denen man umgehen kann nach Gelüsten. Aber nun erst kommen die herbei, welche Ernst machen wollen, welche eine schöne Frau möchten und eine gute. Deren waren nun damals im Heimiswylergraben viele, und sie waren einstimmig der Meinung, daß nicht für jeden eine im Graben selbst zu finden sei. Freilich wollten die meisten zu guten und schönen noch reiche Weiber. Aber man weiß, wie das beim jungen Volke geht, welches alle Tage eine andere Rechnung macht und immer das am höchsten in Rechnung stellt, was ihm gerade am besten gefällt. Darum war Elsi vor diesen alle Tage weniger sicher, sie sprachen es an auf dem Kirchweg und auf dem Märitweg[9], und des Nachts hoscheten[10] sie an sein Fenster, sagten ihm Sprüche her, und wenn sie hintenaus waren, fingen sie sie wieder von vornen an, aber alles umsonst. Elsi gab auf dem Wege wohl freundlichen Bescheid, aber aus dem Gaden denen vor den Fenstern nie Gehör. Und wenn, wie es im Bernbiet oft geschieht, die Fenster eingeschlagen, die Gadentüre zertrümmert wurde, so half das seinen Liebhabern durchaus nichts. Entweder schaffte es sich selbsten Schutz und räumte das Gaden wieder, oder es stieg durchs Ofenloch[11]

8. Zum Wein, zum Tanz einladen (wobei der Bursche das zum Schein sich sträubende Mädchen am Arm oder Rock zerrt).

9. Marktweg. 10. Klopften.

11. In den alten Häusern führt beim großen Ofen eine

in die untere Stube hinab; dorthin folgt kein Kiltbub[12] einem Mädchen.

Unter denen, welche gerne eine schöne und gute Frau gehabt hätten, war ein Bauer, nicht mehr ganz jung. Aber noch nie war eine ihm schön und gut genug gewesen, und wenn er auch eine gefunden zu haben glaubte, so brauchte die nur mit einem andern Burschen ein freundlich Wort zu wechseln, so war er fertig mit ihr und sah sie nie mehr an. Christen hieß der Bursche, der von seiner Mutter her einen schönen Hof besaß, während sein Vater mit einer zweiten Frau und vielen Kindern einen andern Hof bewirtschaftete. Christen war hübsch und stolz, keinen schönern Kanonier sah man an den Musterungen, keinen tüchtigern Bauer in der Arbeit und keinen kuraschierteren Menschen im Streit. Aber allgemach hatte er sich aus den Welthändeln zurückgezogen. Die Mädchen, welche am Weltstreit vordem die Hauptursache waren — jetzt ist es das Geld — waren ihm erleidet, er hielt keines für treu, und um ihn konnte der Streit toben, konnten Gläser splittern neben ihm und Stuhlbeine krachen, er bewegte sich nicht von seinem Schoppen. Nur zuweilen an einem Burgdorfmarkt, wenn die Heimiswyler mit ihren Erbfeinden, den Krauchthalern, nicht fahren mochten und Bott und Bott kam, ihn zu entbieten und zuletzt der tusig Gottswillen, stund er auf und half mit wackeren Streichen seinen bedrängten Kameraden wieder auf die Beine.

Mit Mägden hatte er sich, wie es einem jungen Bauer ziemt, natürlich nie abgegeben, aber Elsi hatte so etwas Apartes in seinem Wesen, daß man es nicht zu den Mäg-

Öffnung vom Zimmer hinauf in den Gaden (so heißen die Kammern im obern Boden).

12. Die Kiltbuben schwärmen nach altem Brauch des Nachts gewöhnlich rottenweise herum, oft komisch und humoristisch, oft despotisch und terroristisch.

den zählte, und daß alle darüber einig waren, von der Gasse sei es nicht. Um so begieriger forschte man, woher denn eigentlich, aber man erforschte es nicht. Dies war zum Teil Zufall, zum Teil war der Verkehr damals noch gar sparsam, und, was zehn Stunden auseinanderlag, das war sich fremder, als was jetzt fünfmal weiter auseinander ist. Wie allenthalben, wo ein Geheimnis ist, Dichtungen entstehen, und wie, wo Weiber sind, Gerüchte umgehen, so ward gar mancherlei erzählt von Elsis Herkommen und Schicksalen. Die einen machten eine entronnene Verbrecherin aus ihm, andere eine entlaufene Ehefrau, andere eine Bauerntochter, welche einer widerwärtigen Heirat entflohen, noch andere eine unehliche Schwester der Bäurin oder eine unehliche Tochter des Bauern, welche auf diese Weise ins Haus geschmuggelt worden. Aber weil Elsi unwandelbar seinen stillen Weg ging, fast wie ein Sternlein am Himmel, so verloren all diese Gerüchte ihre Kraft, und eben das Geheimnisvolle, Besondere in seiner Erscheinung zog die junge Mannschaft an und absonderlich Christen. Sein Hof war nicht entfernt von Elsis Dienstort, das Land stieß fast aneinander, und wenn Christen ins Tal hinunterwollte, so mußte er an ihrem Hause vorbei. Anfangs tat er sehr kaltblütig. Wenn er Elsi zufällig antraf, so sprach er mit ihm, stellte sich wohl auch bei ihm, wenn es am Brunnen unterm breiten Dache Erdäpfel wusch oder was anderes. Elsi gab ihm freundlichen Bescheid, und ein Wort zog das andere Wort nach sich, daß sie oft gar nicht fertig werden konnten mit Reden, was andern Leuten aber eher auffiel als ihnen selbst. Auch Christen wollte Elsi Wein zahlen, wenn er es in Burgdorf traf oder mit ihm heimging am Heimiswyler Wirtshause vorbei. Aber ihm so wenig als andern wollte Elsi in ein Wirtshaus folgen, ein Glas Wein ihm abtrinken. Das machte Christen erst bitter und bös, er war der Meinung, daß, wenn ein junger Bauer einer Magd eine Halbe zahlen wolle, so sei das eine Ehre für sie, und übel an stünde es ihr, diese auszuschlagen. Da er aber sah, daß sie es allen so machte, hörte, daß sie nie noch ein Wirtshaus betreten, seit sie hier sei, so gefiel ihm das und zwar immer mehr. Das wäre eine Treue, dachte er, die nicht liebäugelte mit jedem Türlistock, nicht um einen halben Birenstiel mit jedem hinginge, wo er hinwollte; wer so eine hätte, könnte sie zur Kirche und auf den Markt schicken oder allein daheim lassen, ohne zu fürchten, daß jemand anders ihm ins Gehege käme. Und doch konnte er die Versuche nicht lassen, sooft er Elsi auf einem Wege traf, dasselbe zum Weine zu laden oder ihm zu sagen, am nächsten Sonntag gehe er dorthin, es solle auch kommen, und allemal ward er böse, daß er einen Abschlag erhielt.

Es ist kurios mit dem Weibervolke und dem Männervolk. Solange sie ledig sind, bloß werben oder Brautleute sind, da ist das Weibervolk liebenswürdig aus dem ff und das Männervolk freigebig, daß einem fast übel wird, und zwar gleich zu Stadt und Land. So ein Bursche zum Beispiel läßt Braten aufstellen oder wenigstens einen Kuchen, und sollte er ihn unter den Nägeln hervorpressen, versteigt sich zu rotem Weine, gegenwärtig sogar zu Champagner aus dem Welschland, und nicht oft genug kann er sein Mädchen zum Wein bestellen; er tut, als ob er ein Krösus wäre und sein Vater daheim nicht mehr Platz hätte zum Absitzen vor lauter Zäpfen und Päcklein [13]. Ist derselbe aber einmal verheiratet, dann hat die Herrlichkeit ein Ende, und, je freigebiger er gewesen, desto karger wird er, und allemal wenn sein Weib mit ihm ins Wirtshaus will, so setzt es Streit ab, und wenn das Weib es einmal im Jahr

13. In Röllchen aufbewahrtes Geld und zusammengebundene Wertpapiere.

erzwängt, so hält der Mann es ihr sieben Jahre lang vor. Ähnlich haben es die Mädchen mit der Liebenswürdigkeit, wenn sie Weiber werden. Eins zahlt immer das andere, heißt es, aber schwer ists, zu entscheiden, ob der Mann zuerst von der Freigebigkeit läßt oder das Weib von der Liebenswürdigkeit. Es wird halt auch so sein wie mit dem Speck, mit welchem man die Mäuse fängt; ist die Maus gefangen und der Speck gefressen, so wächst auch nicht neuer Speck nach, und der alte ist und bleibt gefressen.

Aus diesem Grunde wahrscheinlich kömmt es, daß die meisten städtischen Väter ihren Töchtern ein Sackgeld vorbehalten, welches aber sehr oft nicht ausgerichtet wird; auf dem Lande ist man noch nicht so weit und namentlich im Heimiswylgraben nicht.

Trotz dem Bösewerden ward Elsi dem Christen doch immer lieber, immer mehr drang sich ihm die Überzeugung auf: „Die oder keine!“ Ihm zu Lieb und Ehr tat er manchen Gang, war oft zu Abendsitz in des Bauern Haus und immer öfters vor des Mädchens Fenster, doch immer vergeblich, und allemal nahm er sich vor, nie mehr zu gehen, und nie konnte er seinen Vorsatz halten. Elsi kam, wenn es seine Stimme hörte, wohl unters Fenster und redete mit ihm, aber weiter brachte Christen es nicht. Je zärtlicher er redete, desto mehr verstummte das Mädchen; wenn er von Heiraten redete, so brach es ab, und wenn er traulich wurde, die eigenen Verhältnisse auseinandersetzte und nach denen von Elsi forschte, so machte dasselbe das Fenster zu. Dann ward Christen sehr böse, er ahnete nicht, welchen Kampf Elsi im Herzen bestand.

Anfänglich war es Elsi wohl in der Fremde so alleine und ohne alles Kreuz vom Vater her, aber allgemach war eben dieses Alleinestehen ihm zur Pein, denn ohne Bürde auf der Welt soll der Mensch nicht sein. So niemand zu haben auf der Welt, zu dem man sich flüchten, auf den man in jeder Not bauen kann, das ist ein Weh, an dem manches Herz verblutet. Als Christen der stattlichen Maid sich nahte, tat es Elsi unendlich wohl; Christen war ja eine Brücke in seine alten Verhältnisse, von der Magd zur Meisterfrau. Aber um zu heiraten, mußte es sagen, wer es war, mußte seine Verhältnisse offenbaren, mußte in der Heimat sagen, wohin es gekommen; das wars, was es nicht konnte. Es war überzeugt, daß Christen, sobald er wußte, wer es war, ihns sitzen ließe, und das wollte es nicht ertragen. Es wußte zu gut, wie übel berüchtigt sein Vater war landauf, landab, und daß man in diesem Tale hundertmal lieber ein arm Söhniswyb[14] wollte als eines von übel berüchtigter Familie her. Wie manches arme Kind sich eines reichen Mannes freut seiner Eltern wegen, weil es hofft, Sonnenschein bringen zu können in ihre trüben alten Tage, so kann ein Kind schlechter Eltern sich nicht freuen. Es bringt nichts als die Schande mit in die neue Familie, den schlechten Eltern kann es nicht helfen, nicht helfen von ihrer Schande, nicht helfen von ihren Lastern. So wußte auch Elsi, daß seinem Vater nicht zu helfen war, auf keine Weise. Geld war nur Öl ins Feuer, und ihn bei sich ertragen, das hätte es nicht vermocht und hätte es viel weniger einem Manne zugemutet, was die leibliche Tochter nicht ertrug. Das ist eben der Fluch, der auf schlechten Eltern liegt, daß sie das Gift werden in ihrer Kinder Leben; ihr schlechter Name ist das Gespenst, das umgeht, wenn sie selbst schon lange in ihren Gräbern modern, das sich an die Fersen der Kinder hängt und unheilbringend ihnen erscheinet, wenn Glück sich ihnen nahen, bessere Tage ihnen aufgehen wollen.

Es kämpfte hart in dem armen Mädchen, aber sein Geheimnis konnte es nicht offenbaren. Wenn Christen

14. Schwiegertochter.

je gesehen hätte, wie der Kampf Elsi Tränen auspreßte, wie es seufzte und betete, er wäre nicht so böse geworden, er hätte vielleicht in verdoppelter Liebe das Geheimnis entdeckt; aber was da innen in uns sich reget, das hat Gott nicht umsonst dem Auge anderer verborgen. Es kam Elsi oft an, wegzuziehen in dunkler Nacht, wieder zu verschwinden, wie es in seiner Heimat verschwunden war, und doch vermochte es dasselbe nicht. Es redete sich ein, die Leute würden ihm Böses nachreden, es sei mit dem Schelmen (einem Diebe gleich) davongegangen, oder noch Schlimmeres, aber es war etwas anderes, welches ihns hielt, was es sich aber selbst nicht gestand. So litt das arme Mädchen sehr, das höchste Glück ihm so nahe und doch ein Gespenst zwischen ihm und seinem Glück, das ihns ewig von selbigem schied. Und dieses Gespenst sahen andere Augen nicht, es durfte nicht schreien, es mußte die bittersten Vorwürfe ertragen, als ob es schnöde und übermütig das Glück von sich stieße.

Diese Vorwürfe machten ihm nicht nur Christen, sondern auch die Bäurin, welche Christens Liebe sah und ihrer Magd, welche ihr lieb wie eine Schwester war, dieses Glück wohl gönnte, was nicht alle Meisterfrauen getan hätten, aufsätzig. Bei diesen Anlässen konnte sie recht bitter werden in den Klagen über Mangel an Zutrauen, ja, manchmal sich des Deutens nicht enthalten, daß Elsi wohl etwas Böses zu bewahren hätte, weil es dasselbe nicht einmal ihr, welche es doch so gut meine, anvertrauen wolle.

Das fühlte Elsi mit Bitterkeit, es sah recht elend aus, und doch konnte es nicht fort, konnte noch viel weniger das Gespenst bannen, das zwischen ihm und seinem Glücke stand. Da geschah es am alten Neujahr, das heißt an dem Tage, auf welchen nach dem alten Dato, nach russischem Kalender das Neujahr gefallen wäre, und welches, sowie die alte Weihnacht, ehedem noch allgemein gefeiert wurde auf dem Lande, jetzt nur noch in einigen Berggegenden, daß Elsi mit der Bäurin nach Burgdorf mußte. Der Tag war auf einen Markttag gefallen, es war viel Volk da, und lustig ging es her unterm jungen Volk, während unter den Alten viel verkehrt wurde von den Franzosen, von welchen die Rede war, wie sie Lust hätten an das Land hin, wie man sie aber bürsten wollte, bis sie genug hätten. Nur vorsichtig ließen hier und da einige verblümte Worte fallen von Freiheit und Gleichheit und den gestrengen Herren zu Bern, und sie taten wohl mit der Vorsicht, denn Teufel und Franzos war denen aus den Bergen ungefähr gleichbedeutend.

Als die Bäurin ihre Geschäfte verrichtet hatte, steuerte sie ihrem üblichen Stübli zu, denn z'leerem ging sie von Burgdorf nicht heim und namentlich am alten Neujahr nicht. Sie wollte Elsi mitnehmen, welches aber nicht wollte, sondern sich entschuldigte, es hätte nichts nötig, und wenn sie beide hineingingen, so müßten sie pressieren, weil niemand daheim die Sache mache; gehe es aber voran, so könne die Bäurin bleiben, solange es ihr anständig sei, bis sie Kameradschaft fände für heim oder gar eine Gelegenheit zum Reiten [15].

Wie sie da so märteten [16] miteinander, kam Christen dazu, stund auf Seite der Meisterfrau und sagte Elsi, jetzt müsse es hinein; das wäre ihm doch seltsam, wenn ein Meitschi wie es in kein Wirtshaus wollte, es wäre das erste. Elsi blieb fest und lehnte manierlich ab: es möge den Wein nicht erleiden, sagte es, und daheim mache niemand die Haushaltung. Es müßte kommen, sagte Christen, trinken könne es, so wenig es wolle, und gehen, wenn es wolle, aber einmal wolle er wissen, ob es sich seiner verschäme oder nicht.

15. Reiten ist der bernische Ausdruck für Fahren.
16. Markteten, handelten.

Das sei einfältig von ihm, sagte Elsi, er solle doch denken, wie eine arme Magd eines Bauern sich verschämen sollte, und zürnen solle er nicht, aber es sei sein Lebtag sein Brauch gewesen, sich nicht eigelich (keine Komplimente) zu machen[17], sondern erst zu sinnen, dann zu reden, dann bei dem zu bleiben, was geredet worden. Die gute Bäurin, welche wenig von andern Gründen wußte, als von Mögen und nicht Mögen, half drängen und sagte, das sei doch wunderlich getan, und wenn zu ihrer Zeit sie ein ehrlicher, braver Bursche zum Weine habe führen wollen, so hätte sie sich geschämt, es ihm abzusagen und ihm diese Schande anzutun.

Es ist nun nichts, welches den Zorn des Menschen eher entzündet, sein Begehren stählt als ein solcher Beistand, darum ward Christen immer ungestümer und wollte mit Gewalt Elsi zwingen. Aber Elsi widerstand. Da sagte Christen im Zorn: „He nun so denn, du wirst am besten wissen, warum du in kein Wirtshaus darfst, aber wenn du nicht willst, so gibt es andere." Somit ließ er Elsi fahren und griff rasch nach einem andern Heimiswyler Mädchen, welches eben vorüberging und willig ihm folgte. Die Bäurin warf Elsi einen bösen Blick zu und sagte „Gell, jetzt hasts!" und ging nach. Da stund nun Elsi, und fast das Herz wollte es ihm zerreißen, und der Zorn über Christes verdächtige Worte und die Eifersucht gegen das willige Mädchen hätten fast vollbracht, was die Liebe nicht vermochte, und es Christen nachgetrieben. Indessen hielt es sich, denn vor den Wirtshäusern, in welchen ihre Familienehre, ihr Familienglück zugrunde gegangen, hatte es einen Abscheu, und zugleich floh es sie, weil es in denselben am meisten Gefahr lief, erkannt zu werden oder etwas von seinem Vater vernehmen zu müssen. In den

17. Sich nicht zu zieren.

Wirtshäusern ists, wo die Menschen zusammenströmen und sich Zeit nehmen, zu betrachten und heimzuweisen, was beim flüchtigen Begegnen auf der Straße unbeachtet vorübergeht. Es ging heim; aber so finster war es in seinem Herzen nie gewesen seit den Tagen, an welchen das Unglück über sie eingebrochen war. Anfangs konnte es sich des Weinens fast nicht enthalten, aber es unterdrückte dasselbe mit aller Gewalt der Leute wegen. Da nahm ein bitterer, finsterer Groll immer mehr Platz in demselben. So ging es ihm also; so sollte es nicht nur nie glücklich sein, sondern noch eigens geplagt und verdächtigt werden, mußte das sich gefallen lassen, konnte sich nicht rechtfertigen; so gingen die Leute mit ihm um, um welche es das am wenigsten verdient hatte, welche es am besten kennen sollten! Wie ehedem in gewaltigen Revolutionen die Berge aus der Erde gewachsen sein sollen, so wuchs aus den Wehen seines Herzens der Entschluß empor, von allen Menschen mehr und mehr sich abzuschließen, mit niemand mehr etwas zu haben, nicht mehr zu reden, als es mußte, und so bald möglich da wegzugehen, wo man so gegen ihns sein könnte.

Als die Meisterfrau heimkam, stärkte sie diesen Entschluß; sie beabsichtigte freilich das Gegenteil, aber es ist nicht allen Menschen gegeben, richtig zu rechnen, nicht einmal in Beziehung auf die Zahlen, geschweige denn inbezug auf die Worte. Sie erzählte, wie Christen sich lustig mache in Burgdorf, und sicher gehe er mit dem Mädchen heim, und was es dann gebe, könne niemand wissen, das Mädchen sei hübsch und reich und pfiffig genug, einen Vogel im Lätsch zu fangen. Das würde Elsi recht geschehen, und sie möchte es ihm gönnen, denn das sei keine Manier für eine Magd, mit einem Bauer so umzugehen. Aber sie fange auch an zu glauben, da müsse was dahinter sein, das nicht gut sei, anders könne sie es sich nicht erklären, oder sei es anders, so solle es es sagen. Diesem setzte Elsi nichts als trotziges Schweigen entgegen.

In trotzigem Schweigen ging es zu Bette und wachte in ihm auf, als es an sein Fenster klopfte und Christes Stimme laut ward vor demselben. Derselbe hatte es doch nicht übers Herz bringen können, einen neuen Tag aufgehen zu lassen über seinem Zwist mit Elsi. Er trank, wie man sagt, guten Wein, und, je mehr er trank, desto besser ward er. Je mehr der Wein auf dem Heimweg über ihn kam, desto mehr zog es ihn zu Elsi, mit ihm Frieden zu machen. Im Wirtshaus zu Heimiswyl kehrte er mit seinem Meitschi ein, aber nur, um desselben loszuwerden mit Manier, ließ eine Halbe bringen, bestellte Essen, ging unter einem Vorwand hinaus, bezahlte und erschien nicht wieder. Das Mädchen war, wie gesagt, nicht von den dummen eines, es merkte bald, woran es war, jammerte und schimpfte nicht, hielt nun mit dem, was Christen bezahlt hatte, einen andern zu Gast, und so fehlte es ihm an einem Begleiter nach Hause nicht. Dem armen Christen ging es nicht so gut. Elsi, durch die Bäurin neu aufgeregt, hielt an seinem Entschluß fest und antwortete nichts, gäb wie Christen bat und sich unterzog; es mußte den Kopf ins Kissen bergen, damit er sein Weinen nicht höre, aber es blieb fest und antwortete nicht einen Laut. Christen tat endlich wild, aber Elsi bewegte sich nicht, zuletzt entfernte sich derselbe halb zornig und halb im Glauben, Elsi habe zu hart geschlafen und ihn nicht gehört. Er ward aber bald inne, wie Elsi es meine. Die frühere Freundlichkeit war dahin; Elsi tat durchaus fremd gegen ihn, antwortete ihm nur das Notwendigste, dankte, wenn er ihm die Zeit wünschte, in allem übrigen aber war es unbeweglich. Christen ward fuchswild darob und konnte Elsi doch nicht lassen. Hundertmal nahm er sich vor, an dasselbe nicht mehr zu sinnen, sich ganz von ihm loszumachen, und doch stund es beständig vor seinen Augen; seine weißen Hemdeärmel am Brunnen sah er durch sieben Zäune schimmern, und an allen Haaren zog es ihn, bis er unter dessen Fenster stand. Hundertmal nahm er sich vor, rasch eine andere zu freien und so dem Ding ein Ende zu machen, aber er konnte mit keinem Mädchen freundlich sein, und wenn eines gegen ihn freundlich war, so ward er böse, es war ihm, als trügen alle andern Mädchen die Schuld, daß Elsi sich so gegen ihn verhärte.

Während Christen sein Weh im Herzen wuchs als wie ein bös Gewächs, wuchs auch der Lärm mit den Franzosen von Tag zu Tag. Schon lange waren Soldaten auf den Beinen, viele Bataillone standen gesammelt den Franzosen bereits gegenüber, welche an den Grenzen lagen und im Waadtlande. Immer mehr bildete sich beim Volk der Glaube aus, der Franzos fürchte sich, dürfe nicht angreifen, und unterdessen schlichen viele herum, die das Gerücht zu verbreiten suchten: die Herren wollten das Volk verraten; wäre dieses nicht, der Franzos wäre längstens abgezogen, aber er passe auf die Gelegenheit, und bis er mit den Herren einig sei. Das echte Landvolk haßte den Franzos wie den Antichrist, ärger als einen menschenfressenden Kannibalen, daher ärgerte es sich schwer an dem Werweisen der Herren auf dem Rathause; das Schwanken und Zögern dort war eben nicht geeignet, jene Verleumdungen Lügen zu strafen. Eine schauerliche Nachricht jagte die andere. Da kam plötzlich die Botschaft, losgebrochen sei der Krieg, und die Postboten flogen durch die Täler, alle noch übrige eingeteilte Mannschaft auf die Sammelplätze zu entbieten. Es war den ersten März spät abends, als Christen den Befehl erhielt. Alsobald rüstete er sich und bestellte sein Haus, und Nachbar um Nachbar kam, bot seine Dienste an, und keiner vergaß die Mahnung: „Schont sie nicht, die Ketzere, laßt keinen entrinnen, schießt ihnen Köpfe und Beine ab, verbrennt sie dann noch lebendig! Sie wissen es dann in Zukunft, daß sie uns ruhig lassen sollen, die Mordiotüfle!"

Christen mochte nicht warten, bis der letzte fort war und er die abgeschüsselet hatte, welche ihn begleiten wollten, denn ohne Abschied von Elsi wollte er nicht fort. Als er an dessen Fenster kam, ging es ihm wie früher; er erhielt auf Reden und Klopfen keine Antwort. Da sprach er: „Hör, Elsi, ich bin da eben in der Montur und auf dem Weg in den Krieg, und wer weiß, ob du mich lebendig wieder siehst, einmal wenn du so tust, gewiß nicht. Komm hervor, sonst könntest du dich reuig werden, solang du lebst!" Die Worte drangen Elsi ins Herz, es mußte aufstehen und zum Fenster gehen. Da sagte Christen: „So kommst du doch noch, aber jetzt gib mir die Hand und sag mir, du zürnest mir nicht mehr, und wenn mich Gott gesund spart, so wollest du mein Weib werden, versprich mirs!" Elsi gab seine Hand, aber schwieg. „Versprichst mirs?" fragte Christen. Es wollte Elsi das Herz abdrücken, und lange fand es keinen Laut, und erst als Christen noch einmal sagte: „So red doch! Sag mir, du wollest mich, daß ich auch weiß, woran ich bin", antwortete es: „Ich kann nicht." „Aber Elsi, besinn dich!" sagte Christen, „mach nichts Lätzes [18], denk, du könntest reuig werden, sage ja!" „Ich kann nicht", wiederholte Elsi. „Elsi, besinn dich!" bat Christen drungelich [19], „sag mir das nicht zum drittenmal; wer weiß, ob du mir dein Lebtag noch etwas sagen kannst! Sag ja, dr tusig Gottswille bitt ich dich." Ein Krampf faßte Elsis Brust, endlich hauchte es: „Ich kann nicht." „So sieh, was machst!" antwortete Christen, „und verantworte es dann vor Gott!" Mit diesen Worten stürzte er fort; Elsi sank bewußtlos zusammen.

18. Falsches.
19. Dringend.

Still ging der zweite Tag März über dem Tale auf. Die meisten Bewohner waren am Abend vorher lange aufgewesen, hatten Abziehenden das Geleit gegeben, und so begann erst spät des Tages Geräusch. Elsi war betäubt und ging herum wie ein Schatten an der Wand. Die Meisterfrau hatte wohl gemerkt, daß Christen oben am Fenster Abschied genommen, aber nichts verstanden. Sie hoffte, daß sie sich verständigt, und fühlte Mitleid mit Elsis Aussehen, welches sie der Angst um Christens Leben zuschrieb. Sie tröstete, so gut sie konnte, und sagte, es sei noch nicht gewiß, daß es Krieg gäbe, vielleicht sei es wieder nur blinder Lärm. Und wenn schon, so hätte sie gehört, unter hundert Kugeln treffe nicht eine einzige, und Christen sei alt genug, um aufzupassen, daß ihn keine treffe, und nicht so wie ein Sturm dreinzurennen, ohne sich zu achten, wohin. Elsi sollte nur nicht Kummer haben, es werde noch alles gut gehen, und ehe Pfingsten da sei, könne es ein schön Hochzeit geben.

Dieser Trost wirkte aber wiederum umgekehrt, und Elsi begann, ganz gegen seine bisherige Gewohnheit, laut aufzujammern. „Er kommt nicht wieder, ich weiß es, und ich bin schuld daran", rief es verzweiflungsvoll. „Aber, mein Gott", sagte die Frau, „hast du es denn nicht mit ihm ausgemacht und ihm das Wort gegeben? Er wird doch expreß deswegen gekommen sein und vielleicht dir den Hof noch lassen verschreiben, ehe er von Burgdorf ausrückt." „Nein habe ich gesagt", versetzte Elsi, „und er hat gesagt, lebendig werde ich ihn nicht wiedersehen." Da schlug die Bäurin die Hände über dem Kopfe zusammen und sagte: „Aber, mein Gott, mein Gott, bist du verrückt oder eine Kindsmörderin oder eine Schinderstochter? Eins von diesen dreien muß sein, sonst hättest du es nicht übers Herz gebracht, einen solchen Burschen von der Hand zu weisen, der dir noch so anständig ist, wie ich es wohl gesehen. Bist eine Schinderstochter oder eine Kindesmörderin? Seh, red, ich will es jetzt wissen!“ „Keins von beiden bin ich“, sagte Elsi, tief verletzt über solchen Verdacht; „von vornehmen Leuten bin ich her, wie hier in der ganzen Kirchhöre[20] keine wohnen; und was mein Vater getan hat, dessen vermag ich mich nichts.“ „So, was hat der gemacht?“ fragte die Frau, „er wird jemand gemordet haben oder falsches Geld gemacht und ins Schellenwerk[21] gekommen oder gar gerichtet worden sein.“ „Nein, Frau“, sagte Elsi, „ich weiß nicht, warum Ihr mir das Wüsteste alles ansinnet.“ „Aber etwas muß es doch sein, das dir im Weg ist wegen einer Heirat; so wegen nichts schlägt man einen solchen Mann nicht aus. Vielleicht hat er falsche Schriften gemacht, oder er wird sich selber gemordet haben und nicht im Kirchhof begraben worden sein.“ „Nein, Frau“, sagte Elsi, „selb ist nicht wahr; aber geltstaget hat er und muß jetzt in der Kehre gehen. Ich will es gleich heraussagen, sonst meint man, wie schlecht ich sei, und es wird ohnehin bald alles aus sein, und da möchte ich nicht, daß man mir Schlechtes ins Grab redete.“ „Was, geltstaget hat er, und deswegen willst du nicht heiraten, du Tropf du? Und das darfst du nicht sagen? Je weniger du hast, desto einen reichern Mann bedarfst du. Wenn ja keins heiraten wollte, wenn jemand in der Familie geltstaget hat, denk nur, wieviel doch ledig bleiben müßten, denen das Heiraten so wohl ansteht!“ „O Frau“, sagte Elsi, „Ihr wißt darum nicht, wer wir gewesen sind, und was unser Unglück für mich war!“ „Oh, doch öppe nicht unserem Herrgott seine Geschwister!“

„O Herr, o Herr, o Mutter, o Mutter, sie kommen, sie kommen!“ schrie draußen ein Kind. „Wer?“ schrie die Frau. „Die Franzosen, sie sind schon im Lochbach

20. Kirchgemeinde. 21. Zuchthaus.

oder doch in Burgdorf; hör, wie sie schießen!" „O Christen, o Christen!" schrie Elsi; alle liefen hinaus. Draußen stand alles vor den Häusern, so weit man sehen konnte, und „Pung, Pung!" tönte es Schuß um Schuß dumpf über den Berg her. Ernst horchten die Männer, bebend standen die Weiber, und womöglich stund jedes neben oder hinter dem Mann, rührte ihn an oder legte die Hand in seine, und gar manches Weib, das lange dem Mann kein gut Wort gegeben, ward zärtlich und bat: „Verlaß mich nicht, dr tusig Gottswille, verlaß mich nicht, mein Lebtag will ich dir kein böses Wort mehr geben!" Endlich sagte ein alter Mann am Stecken: „Gefährlich ist das nicht, es ist weit noch, jenseits der Aare, wahrscheinlich am Berg. Wenn sie in Grenchen mustern, hört man das Schießen akkurat gleich. In Lengnau stehen die Berner, und oben auf dem Berg sollen auch deren sein; da werden die Franzosen probieren wollen, aber warten die nur, die sind gerade am rechten Ort, in Solothurn wird man es ihnen schön machen, das sind die rechten, die Solothurner, an den Schießeten[22] immer die lustigsten." Das machte den Weibern wieder Mut, aber manchem Knaben, der Gabel oder Hellbarde in der Hand schon auf dem Sprunge zum Ablauf stand, war der Ausspruch nicht recht. „Wir gehen gleich", sagte einer, „und sollte es bis Solothurn gehen. Wenn wir gleich ablaufen, so kommen wir vielleicht noch zur rechten Gauzeten (Hauptstreit)." „Ihr wartet!" befahl der Alte. „Wenn einer hier läuft, der andere dort, so richtet man nichts aus, mit einzelnen Tropfen treibt man kein Mühlerad. Wenn in Solothurn die Franzosen durchbrechen, dann ergeht der Sturm, die Glocken gehen, auf den Hochwachten wird geschossen, und die Feuer brennen auf, dann läuft alles miteinander in Gottes Namen drauf,

22. Schützenfesten.

was Hand und Füße hat, dann gehts los, und der Franzos wird erfahren, was es heißt, ins Bernbiet kommen. Bis dahin aber wartet!" Das war manchem wilden Buben nicht recht, er drückte sich auf die Seite, verschwand, und mehr als einer kam nie wieder. „Du glaubst also nicht, daß unsere Leute schon im Krieg seien?" frug bebend Elsi an des Alten Seite. „O nein", sagte der Alte, „die werden wohl erst jetzt von Burgdorf ausrücken gegen Fraubrunnen oder Bätterkinden zu; was für Befehl sie bekommen, weiß ich nicht. Aber schaden würde es nicht, wenn jemand auf Burgdorf ginge, um da zu hören, was geht."

Aber in Burgdorf war es nicht viel besser als hinten im Heimiswylgraben; ein Gerücht jagte das andere, eines war abenteuerlicher als das andere. Die Franzosenfeinde wußten zu erzählen, wie die Feinde geschlagen worden, und die, wo nicht tot seien, seien doch schon mehr als halbtot; die Franzosenfreunde wußten das Umgekehrte: das ganze Bernerheer geschlagen, gefangen oder verraten, und predigten laut, man solle sich doch nicht wehren, man gewinne nichts damit als eine zerschossene oder zerstochene Haut. So wogten die Gerüchte hin und her, wie vor einem Gewitter die Wolken durcheinandergehen.

Gegen Abend hatte das Schießen aufgehört, es war ruhig geworden auf der Landschaft, man hoffte, die Franzosen seien in Solothurn gefangen genommen worden gleich wie in einer Falle von denen vom Berge her und von Büren. Elsi war auch ruhiger geworden auf diese Hoffnung hin. Es hatte der Bäurin sagen müssen, wer es eigentlich sei, und da hatte diese wiederum die Hände ob dem Kopf zusammengeschlagen. Von dem Müller hatte sie gehört, von seinem Tun und Reichtum, und da ihr nur dieser recht in die Augen schien, so betrachtete sie Elsi mit rechtem Respekt. Keinem Menschen hätte sie geglaubt, sagte sie, daß so eine reiche Müllerstochter sich so stellen könne, aber daß es nicht seiner Lebtag Magd gewesen, das hätte sie ihm doch gleich anfangs angesehen. „Und das, du Tröpflein, hast du ihm nicht sagen dürfen? Du vermagst dich ja der ganzen Sache nichts, und wenn dein Vater schon ein Hudel ist, so ist deine Familie doch reich und vornehm und sonst nichts Unsauberes darin, und da muß einer eins gegen das andere rechnen. Oh, wenn ich Christen doch das nur gleich sagen könnte; du würdest sehen, das machte Christen nicht nur nichts, er nähme noch den Vater zu sich, nur daß er ab der Gemeinde käme." „Das begehre ich nicht", sagte Elsi, „ich begehre nicht mehr, mit dem Vater zusammenzukommen, und Christen kann ich doch nicht heiraten, ich will gar nicht heiraten, nie und nimmermehr. Ich müßte mir doch meinen Vater vorhalten lassen, oder daß ich arm sei. Ich weiß wohl, wie das Mannevolk ist, und das möchte ich nicht ertragen, ich hintersinnete [23] mich; wie nahe ich dem schon war, weiß niemand besser als ich. Aber wenn Christen nur nicht im Zorne tut, was unrecht ist, und den Tod sucht, ich überlebte es nicht." „Du bist ein Tröpflein", sagte die Bäurin, „so etwas ihm nicht zu sagen; das war nur der Hochmut, der dich plagte. Aber wart, wir wollen ihm morgen Bescheid machen, es wird wohl der eine oder der andere Alte seinen Söhnen, die bei den Soldaten sind, etwas schicken wollen, Käs oder Hamme [24] oder Kirschenwasser; ich will mich eine Hamme für Christen nicht reuen lassen, und da kann man ihm ja Bescheid machen dazu, es sei daheim ander Wetter, und er solle machen, daß er so bald als möglich heimkäme, aber gesund und gerecht. Er wird schon merken, was gemeint ist." Elsi wollte davon lange nichts hören,

23. Hintersinnen bedeutet nachdenken, in Tiefsinn verfallen.
24. Schinken.

klagte, wie reuig es sei, daß es ein Wort gesagt, drohte, es laufe fort, jammerte, daß es nicht schon lange gestorben, und wenn Christen nur lebendig heimkomme, so wolle es gerne auf der Stelle sterben, aber heiraten wolle und könne es nicht. Die Bäurin ließ sich aber nicht irre machen; sie hatte die Heirat im Kopf, und wenn eine Frau eine Heirat auf dem Korn hat, so ists schwer, sie davon abzubringen. Ein Hammli mußte herunter, und sie ruhte nicht, bis sie einen aufgefunden, der mit Proviant den Soldaten nachgeschickt wurde von einer sorgsamen Mutter, und scharf schärfte sie dem es ein, wem er das Hammli zu geben, und was er dazu zu sagen hätte. Was die Bäurin getan, goß Balsam in Elsis Herz, aber es gestund es nicht ein. Es zankte mit der Bäurin, daß sie ihns verraten hätte, es zankte mit sich, daß es sein Geheimnis vor den Mund gelassen, es wußte nicht, sollte es bleiben oder gehen; es mochte ihm fast sein wie einem Festungskommandanten, der erst von Verteidigung bis in den Tod, von in-die-Luft-Sprengen gesprochen, und dem allgemach die Überzeugung kömmt, das trüge nichts ab, und leben bleiben sei doch besser.

Der dritte März lief ab ohne Kanonendonner, aber Gerüchte kamen, Freiburg sei über und Solothurn, die Stadt Büren sei verbrannt; die Herren wollten das Land übergeben ohne Krieg. Dieses Gerücht entzündete furchtbaren Zorn, so weit es kam. Da wollten sie doch auch noch dabeisein, sagten die Bauern, aber erst müßten die Schelme an den Tanz, die Dinge verkauften, welche ihnen nicht gehörten. Gegen Abend wollte man Soldaten gesehen haben, die, von Wynigen kommend, quer durchs Tal gegangen seien. Die sollten gesagt haben, sie kämen vom Weißenstein, und alles sei aus; die einen hätten kapituliert, die andern seien sonst auseinandergegangen, und die Franzosen würden da sein, ehe man daran denke.

Dieser Bericht ging mit Blitzesschnelle durchs ganze Tal, regte alles auf, aber wie ein Blitz verschwand er auch; am Ende wußte man nicht, wer die Soldaten gesehen hatte, man wußte nicht mehr, waren es eigentliche Soldaten gewesen oder Spione, welche das Land auskundschaften sollten, denn es seien viele Deutsche bei den Franzosen, hieß es, die akkurat gleich redeten, wie man hier rede, und überhaupt beschaffen seien wie andere Menschen. Diese Nachricht hinterließ nichts als vermehrte Unschlüssigkeit; man wußte nicht, sollte man die ausgerückten Leute zurückerwarten, oder sollte man nachrücken. Man stund umher, packte auf, packte ab, es war akkurat, als ob es eigens dazu angelegt wäre, den Volksmut wirkungslos verpuffen und verrauchen zu lassen.

Der Bursche, der ausgesandt worden war, kam erst am zweiten Tag, am vierten März, zurück, ohne Hammli, aber mit bösem Bescheid. Christen hätte er nicht finden können, sagte er aus. Es hätte geheißen, er sei gegen Bätterkinden zugerückt mit seiner Batterie, dahin habe er ihm nicht nachwollen; es heiße, ungesinnet trappe man in die Franzosen hinein wie in ein Hornissennest, und ihre Dragoner kämen daher wie in den Lüften; wenn man meine, sie seien noch eine Stunde weit, so hätte man sie schon auf dem Hals. Er habe daher das Hammli in Fraubrunnen abgegeben mit dem Befehle, es dem Christen zuzustellen, wenn man ihn sehe. Zurück kämen die Leute aber nicht; sie wollten den Franzosen warten, heiße es, und andere meinten, man warte nur auf Zuzug und wolle dann auf die Franzosen zDorf, welche sich nicht aus Solothurn hervorlassen dürften. Bald werde es losgehen, darauf könne man zählen.

Dieser Bescheid regte Elsi fürchterlich auf. Also Krieg gabs, und z'vorderist war Christen und sicher expreß, von Elsis Nein gejagt, und niemand besänftigte ihn, und die gute Botschaft hatte er nicht vernommen; lebendig säh es ihn also nicht wieder! Es drängte ihns, ihm die Botschaft selbst zu bringen, aber es wußte keinen Weg und fürchtete, so alleine in die Franzosen zu laufen, und die Bäurin tröstete es, der Landsturm werde allweg bald ergehen, da gehe alles, da könne es mit, sie wolle für ihns daheim bleiben, denn von wegen dem Vieh könne doch nicht alles fort. So werde es früh genug kommen, denn man werde dSach doch nicht lassen angehen, bis alles beieinander sei.

Alles rüstete sich, jeder suchte seine Waffe sich aus; eine tüchtige zweizinkichte Schoßgabel an langem Stiele, mit welcher man in der Ernte die Garben ladet, stellte Elsi sich zur Hand und wartete mit brennender Ungeduld des Aufbruchs.

Am fünften März wars, als der Franzos ins Land drang, im Lande der Sturm erging, die Glocken hallten, die Feuer brannten auf den Hochwachten, die Böller krachten, und der Landsturm aus allen Tälern brach, der Landsturm, der nicht wußte, was er sollte, während niemand daran dachte, was er mit ihm machen sollte. Aus den nächsten Tälern strömte er Burgdorf zu; dort hieß es, man solle auf Fraubrunnen, die Nachricht sei gekommen, daß die Franzosen von Solothurn aufgebrochen; auf dem Fraubrunner Felde sollte geschlagen werden, dort warteten die Berner und namentlich Füsiliere und Kanoniere aus dieser Gegend. Der Strom wälzte sich das Land ab, Kinder, Greise, Weiber bunt durcheinander, an eine Ordnung ward auch nicht von ferne gedacht, dachte doch selten jemand daran, was er eigentlich machen sollte vor dem Feinde. Von einem wunderbaren, fast unerklärlichen Gefühle getrieben, lief jeder dem Feinde zu, so stark er mochte, als ob es gälte, eine Herde Schafe aus einem Acker zu treiben. Das beginnende Schießen minderte die Eile nicht, es schien jedem angst zu sein, er käme zu spät.

Unter den vordersten war immer Elsi, und jeder Schuß traf sein Herz, und es mußte denken: „Hat der Christen getroffen?“ So wie sie aus dem Walde bei Kernenried kamen, erblickten sie den beginnenden Kampf am äußersten Ende des Fraubrunner Feldes gegen Solothurn zu. Kanonen donnerten, Bataillonsfeuer krachten, jagende Reiter wurden sichtbar, Rauchmassen wälzten sich über das Moos hin. Erstaunt standen die Landstürmer, sie hatten nie ein Gefecht gesehen, wenigstens unter Hunderten nicht einer. Wie das so fürchterlich zuging hin und her, und von weitem wußte man nicht einmal, wer Feind, wer Freund war! Je länger sie zusahen, desto mehr erstaunten sie, es begann ihnen zu grusen (grauen) vor dem wilden Feuer mit Flinten und Kanonen und alles scharf geladen, sie fanden, man müsse warten und zusehen, welchen Weg es gehe; wenn man da so aufs Geratewohl zumarschiere, so könne man unter die Lätzen (Unrechten) kommen. Kein Mensch war da, sie zu ordnen, zu begeistern, rasch in den Feind sie zu führen. Es waren in jenen Tagen die Berner mit heilloser Blindheit geschlagen. Das Feuer der Soldaten ließ man auf die gräßlichste Weise erkalten, und wenns erkaltet war ob dem langen, nutzlosen Stehen, manchmal lange Zeit ohne Führer, liefen sie halt auseinander. Das einzige Mal, wo die Soldaten vorwärts geführt wurden statt zurück, erfuhren die Franzosen, was Schweizerkraft und -mut noch dato kann, bei Neuenegg erfuhren sie es.

Elsi ward es himmelangst, als man so müßig und werweisend dastand, als gar hier und da eine Stimme laut wurde: „Ihr guten Leute, am besten wärs, wir gingen heim, wir richten da doch nichts aus.“ Und wenn niemand da zu Hülfe wolle, so gehe es, wofür man dann bis hierher gekommen, sagte es. Wenn es nur den kürzesten Weg übers Moos wüßte. Sie kämen mit, riefen einige junge Bursche, und die Masse verlassend, eilten sie auf dem nächsten Weg Fraubrunnen zu. Als sie dort auf die Landstraße kamen, war ein hart Gedränge, eine Verwirrung ohnegleichen. Mit Gewalt fast mußte es sich drängen durch Berner Soldaten, die auf der Straße standen und müßig zusahen, wie vorwärts ein ander Bataillon mit dem Feinde sich schlug. Auf die wunderlichste Weise stund man da vereinzelt, schlug sich vereinzelt mit dem Feind oder wartete geduldig, bis es ihm gefiel, anzugreifen. Keiner unterstützte den andern, höchstens, wenn ein Bataillon vernichtet war, gab ein anderes zu verstehen, es sei auch noch da und harre des gleichen Schicksals.

Das alles sah Elsi im Flug, und wenn die Soldaten, die es mit Püffen nicht schonte, schimpften und ihm zuriefen, es solle heimgehen und Kuder[25] spinnen, so sagte es, wenn sie dastünden wie die Tröpfe, so müßte das Weibervolk voran, um das Vaterland zu retten, und wenn sie was nutz wären, so gingen sie vorwärts und hülfen den andern. Elsi hatte vom Moos weg eine große Linde auf dem Felde gesehen, und bei derselben sah es den Rauch von Kanonen, dort mußte sein Christen sein, dorthin eilte es mit aller Hast. Als es auf die Höhe kam, hinter welcher von Fraubrunnen her die berühmte Linde liegt, donnerten die Kanonen noch, aber Elsi sah, wie rechts zwischen Straße und Moos, vom Rande des Raines bedeckt, Reiter dahergesprengt kamen wie der Byswind, fremdländisch anzusehen. „Franzosen! Franzosen!“ rief es, so laut es konnte, aber seine Stimme verhallte im Kanonendonner. Die Reiter wußten, was sie wollten, sie wollten die Batterie, welche ihnen lästig geworden war. Ebenfalls die Linde im Auge, lenkten sie, sobald sie unter ihr waren, auf die Straße herauf und stürzten sich auf die Kanoniere. Diese, ohne nähere Bedeckung, suchten zwischen ihren Kanonen

25. Flachs.

sich zu verteidigen, aber einer nach dem andern fiel. Einen einzigen sah Elsi noch, der mit seinem kurzen Säbel ritterlich sich wehrte; es war sein Christen. „Christen! Christen! Wehre dich, ich komme!“ schrie Elsi mit lauter Stimme. Den Schrei hörte Christen, sah sein Elsi, sank aber im gleichen Augenblick zum Tode getroffen zwischen den Kanonen nieder. Elsi stürzte mit der Wut einer gereizten Löwin auf die Franzosen ein, diese riefen ihm Pardon zu, aber Elsi hörte nichts, rannte mit seiner Gabel den ersten vom Pferde, rannte an, was zwischen ihm und Christen war, verwundete Pferde und Menschen; da fuhren zischende Klingen auf das Mädchen nieder, aber es rang sich durch, und erst zwischen den Kanonen fiel es zusammen. Vor ihm lag Christen. „O Christen, lebst du noch?“ rief es mit dem Tode auf den Lippen. Christen wollte sich erheben, aber er vermochte es nicht, die blutige Hand reichte er ihm, und Hand in Hand gingen sie hinüber in das Land, wo nichts mehr zwischen den Seelen steht, die sich hier gefunden.

Die Franzosen sahen gerührt diesen Tod, die wilden Husaren waren nicht unempfänglich für die Treue der Liebe. Sie erzählten der Liebenden Schicksal, und sooft sie dasselbe erzählten, wurden sie wehmütig und sagten, wenn sie gewußt hätten, was beide einander wären, beide lebten noch, aber im wilden Gefecht habe man nicht Zeit zu langen Fragen.

Der Besenbinder von Rychiswyl

Glücklich möchten alle Menschen werden. Wenn sie reich wären, würden sie auch glücklich sein, meinen die meisten, meinen, Glück und Geld verhielten sich zusammen wie die Kartoffel zur Kartoffelstaude, die Wurzel zur Pflanze. Wie irren sie sich doch gröblich, wie wenig verstehen sie sich auf das Wesen der Menschen und haben es doch täglich vor Augen!

Die Heilige Schrift sagt, denen, die Gott lieben, täten alle Dinge zum Besten dienen, und so ist es auch. Geld ist und bleibt Geld, aber die Herzen, mit denen es zusammenkommt, sind so gar verschieden; daher erwächst aus den verschiedenen Ehen von Herz und Geld ein so verschiedenes Leben, und je nach diesem Leben bringt das Geld Glück oder Unglück. Aufs Herz kommt es an, ob man durch Geld glücklich oder unglücklich werde. Klar hat Gott eigentlich dies an die Sonne gelegt, aber leider sehen die Menschen gar selten klar die klarsten Dinge, machen sie vielmehr dunkel mit ihrer selbstgemachten Weisheit. Am Besenbinder von Rychiswyl greifen wir aus den hundert Exempeln, an welchen wir die obige Wahrheit angeschaut, eins heraus, welches ein Herz zeigen soll, dem Geld Glück brachte.

Besen sind bekanntlich ein schreiendes Bedürfnis der Zeit und waren das freilich schon seit langen Zeiten. Derartige Bedürfnisse, die täglich und wöchentlich befriedigt sein wollen, gibt es viele in jedem Haus und allenthalben Menschen, welche es sich freiwillig zur angenehmen Pflicht machen, diese Bedürfnisse zu befriedigen. Immer weniger achtet man der Personen, welche dieses tun, wenn man nur das Nötige kriegt und so wohlfeil als möglich. Ehedem war es nicht so: ehedem ward das Besenmannli, das Eierfraueli, das Tuft[1]- oder

1. Bimsstein.

Sandmeitschi usw. so gleichsam zur Familie gerechnet; es war ein festes Verhältnis, man kannte die Tage, an welchen diese Personen erschienen; je nachdem sie in Hulden standen, ward ihnen etwas Absonderliches verabreicht, und fehlten sie um einen Tag, so entschuldigten sie sich das nächste Mal, als hätten sie eine Sünde begangen, und sprachen von ihrem Kummer, man möchte vielleicht geglaubt haben, sie kämen nicht mehr, und sich daher anderweitig versorgt. Sie betrachteten ihre Häuser als die Sterne an ihrem Himmel, gaben sich alle Mühe, sie gut zu bedienen, und wenn sie mit diesem Gewerbe aufhörten oder sich selbst auf einen höheren Zweig beförderten, so gaben sie sich alle Mühe, einem Kinde, einer Base, einem Vetter oder sonst so wem zu ihrer Stelle zu verhelfen. Es war da ein gegenseitig Band von Anhänglichkeit und Vertrauen, welches leider in unserer kalten Zeit, wo alle Familienwärme sich immer mehr verflüchtigt, immer lockerer und loser wird.

Ein solcher Hausfreund war der Besenmann von Rychiswyl, der viel in Bern zu sehen, so recht eigentlich aber in Thun angesehen und beliebt war. An kleineren Orten gestalten sich alle Verhältnisse viel inniger, einzelne Persönlichkeiten werden mehr bemerkt und gelten auch mehr. Eher hätte der Samstag im Kalender gefehlt als an einem Samstag das Besenmannli in Thun. Er war nicht immer das Besenmannli gewesen, sondern lange, lange nur der Besenbub, bis man dahinterkam, daß der Besenbub Kinder hatte, die an seinem Karren stoßen konnten. Sein Vater war ein alter Soldat gewesen und früh gestorben; er war jung, seine Mutter kränklich, Vermögen hatten sie nicht, und betteln gingen sie nicht gerne. Eine ältere Schwester war schon früher ausgewandert, barfuß, und hatte bei einer Frau, welche Tannzapfen und Sägemehl nach Bern trug, ein Unterkommen gefunden. Als sie sich ihre Sporen, das heißt Schuhe und Strümpfe verdient hatte, beförderte sie sich und ward Hühnermagd bei einem Pächter auf einem herrschaftlichen Gute in der Nähe der Stadt. Mutter und Bruder waren stolz auf sie und redeten mit Respekt von dem vornehmen Bäbeli. Hansli konnte die Mutter nicht verlassen, die mußte jemand haben, der ihr für Holz sorgte und sonst half. Sie lebten von Gott und guten Leuten, aber bös.

Da sagte einmal der Bauer, bei dem sie im Haus waren, zu Hansli: „Bub, es dünkt mich, du solltest was verdienen, wärst groß und listig genug." „Wollte gerne", sagte Hansli, „wenn ich nur wüßte, wie?" „Ich wüßte dir was, worin ein schöner Kreuzer Geld wäre; fange an, mit Besen zu machen! In meiner Weide ist Besenreis genug, es wird mir nur gestohlen, und kosten soll es dich nichts als alle Jahre ein paar Besen." „Ja, das wäre wohl gut, aber wo soll ich das Besenmachen lernen?" sagte Hansli. „Das ist kein Hexenwerk", sagte der Bauer, „das will ich dich schon lehren, machte viele Jahre alle Besen, welche wir brauchen, selbst und wills mit allen Besenbindern probieren. Das Werkzeug ist eine geringe Sache, und bis dus selbst anzuschaffen vermagst, kannst das meine brauchen."

So geschah es auch, und Glück und Gottes Segen war dabei. Hansli hatte großen Trieb zur Sache und der Bauer große Freude an Hansli. „Spar nicht, mach dSach recht! Mußt machen, daß du das Zutrauen bekommst; hast das einmal, so ist der Handel gewonnen", mahnte der Bauer immer, und Hansli tat darnach. Natürlich ging es im Anfang langsam zu, aber er setzte doch immer sein Fabrikat ab, und im Verhältnis, als es ihm besser von der Hand ging, nahm auch der Absatz zu. Es hieß bald, es habe niemand so brave Besen wie der Besenbub von Rychiswyl. Je augenscheinlicher der gute Erfolg wurde, desto größer ward auch Hanslis Eifer. Seine Mutter lebte sichtbar auf. Jetzt sei es gewonnen, sagte sie; sobald man sein ehrlich Brot verdienen könne, habe man Ursache, zufrieden zu sein, was wolle man mehr? Sie hatte nun alle Tage genug zu essen, gewöhnlich noch was übrig für den folgenden Tag, konnte alle Tage Brot essen, wenn sie wollte. Ja, es war schon geschehen, daß Hansli ihr ein weißes Mütschli[2] heimgebracht aus der Stadt. Wie sie so wohl dran lebte, und wie sie Gott dankte, daß er ihr in ihren alten Tagen ein solches Guthaben geordnet!

Hansli dagegen machte seit einiger Zeit ein sauer Gesicht, endlich fing er an zu muckeln, so könne es nicht länger gehen, so stehe er es nicht aus. Als ihn endlich der Bauer fragte, was das bedeuten solle, und was er eigentlich meine, kam es heraus, daß er nicht imstande sei, die Besen zu tragen; auch wenn sie ihm der Müller zuweilen führe, so sei es ihm sehr unkommod, er sollte notwendig einen Karren haben, die Besen zu ziehen, das gehe ringer, und er komme weiter. Er habe aber das Geld nicht dazu und wisse niemand, der ihm es leihen würde. „Bist ein dummer Bub!“ sagte der Bauer. „Hör du, werde mir nicht einer von denen, welche meinen, wenn ihnen was durch den Kopf schieße, müsse es angeschafft sein! So kann man das Geld brauchen und andern die Fische ins Netz jagen. Jawolle, du einen Karren kaufen! Mach einen!“

Mit offenem Maul und Augen, in denen das Weinen im Anzuge stand, sah Hansli den Bauer an. „Ja, mach einen, das bringst zweg, wenn du nur willst und Fleiß hast!“ fuhr der Bauer fort. „Du kannst ziemlich schnitzeln, und was du nicht weißt, kann ich dich brichten. Das Holz wird dich nicht viel kosten; was ich nicht habe, hat ein anderer Bauer, kannst Besen dafür geben. Zum Beschläg wird sich altes Eisen wohl auch finden in einer Kammer. Wir haben auch noch so ein

2. Mütschli nennt man ein kleines Gebäck aus Weißmehl.

alt Karrli irgendwo; wollen es hervorreißen, kannst es wohl ins Auge fassen und einstweilen meinethalb brauchen. Der Winter ist vor der Türe, dann kannst dran gehen, im Frühjahr ists fix und fertig, und nicht manchen Batzen hast dafür ausgegeben. Kannst es vielleicht auch beim Schmied mit Besen machen, und vielleicht kann man es ohne Schmied auch machen, wer weiß."

Jetzt machte Hansli wieder große Augen: er und einen Karren machen! „Was denkst, wie wollte ich das können, habe ja noch nie einen gemacht!" „Du dummer Bub!" fuhr der Bauer auf; „einmal muß immer das erste sein, kuraschiert dran hin, so ist es halb gemacht. Glaubs, wenn die Leute das rechte Kurasch hätten, es säße mancher, der als Bettler herumläuft, im Gelde bis über die Ohren und nicht etwa gestohlenes, sondern rechtmäßig erworbenes." Hansli hätte fast den Bauer fragen mögen, ob er Verstand habe oder keinen. Es kam ihm vor, als täte er ihm ein großes Unrecht an, so was ihm zuzumuten.

Indessen der Gedanke ergriff doch Hansli; Hansli ging sachte drauf ein, ungefähr wie ein Kind in kaltes Wasser. Der Bauer half, und im Frühjahr war der neue Karren fix und fertig, am Dienstag nach Ostern zog ihn Hansli zum erstenmal nach Bern, am Samstag darauf zum erstenmal nach Thun. Was Hansli für einen Stolz hatte und für eine Freude an seinem neuen Karren, davon kann sich schwerlich jemand eine richtige Vorstellung machen. Wenn man ihm auch den Ostermontagstier[3], der tags zuvor in Bern herumgeführt worden war und wohl seine fünfundzwanzig Zentner wog, zum Tausch angeboten, er hätte das Anerbieten mit großem

3. Am Ostermontag fanden in Bern auf der Großen Schanze jeweils Schwingfeste statt, bei denen der Sieger einen stattlichen, mit Blumen aufgeputzten Stier als erste Gabe erhielt.

Hohn von der Hand gewiesen. Es schien ihm, als stünden alle Leute still und schauten auf seinen Karren, und, wo er zu Platz kommen konnte mit Reden, da zeigte er mit beredter Zunge alle Vorteile, welche dieser Karren vor allen habe, welche bisher auf der Welt gewesen. Er behauptete mit großer Bestimmtheit, er gehe ganz von selbst; nur bergan müsse man etwas nachhelfen. Eine Köchin sagte, sie hätte nicht geglaubt, daß er so geschickt wäre; wenn sie einen Karren nötig hätte, er müßte ihr auch einen machen. Diese Köchin erhielt, so oft sie ihm Besen abkaufte, zwei ganz kleine Handbeselchen für den Herd obendrein; die sind sehr kommod für Köchinnen, welche auch die Ecken gerne rein haben. Das sind die, welche sich auch an den Werktagen waschen und sogar hinter den Ohren, so gar häufig sind die aber nicht.

Erst jetzt kam Hansli so recht in Eifer, sein Karren war ihm sein Bauernhof, und er war fleißig mit großer Freudigkeit, und Freudigkeit ist ganz was anderes als Verdrießlichkeit; sie verhalten sich zueinander wie ein scharfes und ein stumpfes Beil beim Holzhacken. Die Bauern in Rychiswyl hatten große Freude an dem Jungen. Es war keiner, der ihm nicht sagte: „Wenn du Reiser mangelst, so nimm nur in meiner Weid, aber gschände[4] mir die Birken nicht und denk an mein Weibervolk, das braucht dir Besen, es weiß kein Teufel, wieviel das Jahr durch.“ Das tat denn auch Hansli und war den Bäurinnen grusam anständig. Für Besen hatte man kein Geld auszugeben, das Männervolk sollte sie liefern. Nun weiß man, wie das geht, ist dasselbe ja oft zu faul zum Holzspalten, geschweige denn zum Besenmachen. So geschah es denn oft, daß die Weiber in große Besennot kamen, ja, daß der Hausfriede mächtig wackelte. Jetzt war Hansli da mit Besen, ehe man dran

4. Gschänden bedeutet mutwillig verderben.

dachte, und sehr selten geschah es, daß eine Bäurin sagen mußte: „Hansli, vergiß uns nicht, wir sind am letzten!“ Zudem waren die Besen gut, ganz anders als die, welche das Mannsvolk mit Unlust zusammengebaggelt [5], die auseinanderfuhren oder stumpf waren, als wären sie gemacht aus Haferstroh.

Diese Besen gab Hansli natürlich umsonst, und doch waren es nicht die wohlfeilsten, welche aus seinen Händen gingen. Nicht wegen der Birkenreiser, welche er umsonst hatte, sondern wegen der Gaben, welche sie ihm das Jahr durch eintrugen an Brot, Milch und allerlei derart Dinge, welche eine Bäurin zur Hand hat und nichts rechnet. Selten wurde an einem Orte gebuttert, daß es nicht hieß: „Hansli, morgen anken wir, wenn du einen Hafen bringst, kannst Ankenmilch haben.“ Obst hatte er mehr, als er brauchte, und Brot brauchte er wenig zu kaufen.

So konnte es nicht fehlen, daß Hansli sich gut stand, denn er war sparsam. Wenn er an den Tagen, wo er in die Städte fuhr, einen Batzen brauchte, so war es viel. Am Morgen sorgte die Mutter dafür, daß er tapfer frühstücken konnte, dann steckte er meist noch etwas zu sich, hie und da kriegte er etwas in einer Küche, wo er wohlbekannt war. Endlich meinte er nicht, es müsse alsbald gegessen sein, wenn es einen gelüste. Hunger haben mache gar nichts, wenn man wisse, wann man zu essen bekomme, es dünke einen nur desto besser. Aber Hunger haben und nicht wissen, ob man je wieder was zu essen kriegt, das tue weh. Das wußte Hansli, daß, sobald er heimkam und seine Sachen geschermt [6], er essen konnte bis genug, dafür sorgte die Mutter treulich. Sie wußte, was das für eine Bedeutung hat, ob ein

5. Zusammenbaggeln = zusammenstümpern. Baggeln bedeutet ungeschickt, unbeholfen arbeiten mit ungeeignetem Handwerkszeug.
6. Untergestellt.

Mensch, wenn er heimkömmt, zu essen findet oder nicht findet. Wer da weiß, er findet daheim, der kehrt nicht ein, bringt einen leeren Magen heim, und wie er ihn füllt, wird es ihm wohl daheim. Wer nichts findet daheim, füllt draußen und bringt einen vollen Kopf heim, der ist nicht wohl daheim, sondern tut wüste.

Hansli war nicht geizig, aber sehr sparsam, für nützliche, anständige Sachen reute ihn das Geld nicht. In Essen und Kleidern wollte er, daß die Mutter es recht habe, er schaffte sich ein gutes Bett an, große Freude hatte er, wenn er ein schönes, gutes Messer oder ein ander Stück Werkzeug kaufen konnte. Er selbst kam brav daher, nicht kostbar, aber währschaft (solid). Wer ein gutes Auge hat, sieht es den meisten Menschen und Häusern an, ob es da auf- oder abgehe. Bei Hansli war das Aufgehen recht sichtbar, aber eben nicht in der Hoffart, sondern in der Reinlichkeit und Sorgfältigkeit. Daran hatten die Bauern große Freude und mochten es Hansli von Herzen gönnen, kam er doch nicht mit Stehlen zu seiner Sache, sondern durch Fleiß. Dabei ließ er vom Beten nicht, machte am Sonntag nicht Besen, ging in die Kirche des Morgens, las nachmittags der Mutter, deren Augen stark böseten, ein Kapitel vor und gönnte sich dann später wohl auch ein Privatvergnügen. Dieses bestand darin, daß er sein Geld hervorholte, es zählte und betrachtete und rechnete, wie es gemehret, und wie es noch mehr mehren werde usw. Unter dem Gelde waren schöne Stücke, überhaupt meist sauberes Silbergeld. Hansli war stark auf das Eintauschen, er nahm gerne Münze ein, aber bewahrte sie nicht gerne auf, es dünkte ihn immer, der Wind komme gar zu leicht dahinter und trage sie fort. Die größte Freude hatte er an blanken, neuen Silberstücken, den schönen Bernertalern mit dem Bären und dem stattlichen Schweizermann. Wenn er ein solches erhaschen konnte, war er manchen Tag glücklich.

Er hatte aber auch Verdruß und seine bitterbösen Tage. So zum Beispiel war es ein böser Tag für ihn, wenn er einen Kunden verloren hatte oder verloren glaubte, wenn er gerechnet hatte, in einem Hause ein Dutzend Besen abzusetzen, und mit dem Bescheid: „Sind schon versehen!“ barsch abgewiesen wurde. Es war vielleicht eine neue Köchin eingezogen, und die wußte nichts vom bekannten Besenbub und ließ ihre harthölzige Stimme die Treppe herunter erschallen: „Wir mangeln keine!“ Nun dachte Hansli nicht an die wahre Ursache, wußte nicht, daß man an Orten mit den Köchinnen wechseln muß wie mit den Hemden, manchmal fast noch öfter. Er meinte dann wunder, was er gefehlt, ob ein Besen nicht recht gebunden gewesen, ob er verleumdet worden? Er nahms sehr zu Herzen, es irrte ihn im Schlafen, er ruhte nicht, bis er den wahren Grund vernommen. Später nahm er es aber auch kaltblütiger, selbst wenn eine Köchin, der er wohl bekannt war, ihn wegschnauzte. Er dachte, Köchinnen seien sozusagen auch Menschen, und wenn Herr oder Madame die Köchin schnauzten, weil sie die Suppe verpfeffert und die Sauce versalzen, dieweil ihr Schatz ins Land gegangen, wo der Pfeffer wächst, so hätte die Köchin auch Menschenrechte und könne wieder andere abschnauzen.

Doch noch bösere Tage machte ihm folgendes, und das lernte er nie kaltblütig nehmen. Seine Birken kannte er nachgerade alle, ja, für sich hatte er den Weiden und sogar einzelnen Bäumen bestimmte Namen gegeben, den schönsten Birken schöne Namen, Anne Mareili zum Beispiel, Liseli, Röseli, Sternenblume usw. Diese Bäume freuten ihn das ganze Jahr über, er teilte die Lust, ihnen ihre Reiser abzunehmen, sich ordentlich ein, behandelte die Bäume mit Zärtlichkeit, brachte die Besen von denselben seinen liebsten Kunden. Das waren denn auch wirkliche Staatsbesen, die diesen Namen besser verdienten als mancher andere Besen. Wenn er aber dann voller Freude in die Weide kam und sein Röseli, seine Sternenblume waren greulich gestumpet, der ganze Baum arg mißhandelt, dann tat es ihm im Herzen so weh, das Wasser lief ihm dBacke ab, und vor Zorn ward allmälig sein Blut so heiß, daß man Schwefelhölzer daran hätte entzünden können.

Das machte ihm lange böse Tage, er konnte es nicht verwinden, er trachtete nach nichts, als den Frevler in die Finger zu kriegen, nicht wegen des Wertes der Reiser, sondern weil er ihm seinen Baum geschändet. Hansli war nicht groß, aber er wußte Kraft und Glieder wohl zu brauchen und hatte ein kuraschiertes Herz. Da wars, wo er der Mutter nicht gehorchte, wenn sie ihm um Gottes willen anlag, er solle doch die Sache vergessen, er habe ja Reiser genug, er solle ja nicht nach den Tätern trachten, sie könnten ihn töten oder sonst unglücklich machen. Aber dem allen frug Hansli nichts nach, er lauerte und strich herum, bis er jemand kriegte. Dann gabs Schläge, und mächtige Kämpfe geschahen in den einsamen Weiden. Manchmal siegte Hansli, manchmal kam er gezaust nach Haus.

Aber das gewann er in alle Wege, daß man mehr und mehr seine Weiden in Ruhe ließ, wie es immer geht, wo etwas mit nachhaltiger Tapferkeit verteidigt wird. Warum soll man sich Schlägen aussetzen um etwas, das man anderwärts ohne Gefahr sich verschaffen kann? Zudem hatten die Rychiswyler Bauern Freude an ihrem mutigen kleinen Bannwart. Wurde er einmal gezaust, so sagte ihm wohl der oder dieser: „Es macht nichts, der muß seine Heiligen wiederhaben. Sag es mir, wenn du wieder was merkst, ich will dann auch dabeisein, dem wollen wir das Besenhauen ein für allemal verleiden." Dann sagte es Hansli, wenn er was merkte; der Bauer versteckte sich, Hansli tat den Angriff; der Gegner in der Meinung, er sei der Stärkere, floh nicht, wartete, wollte es machen wie das vorige Mal. Hatte Hansli einmal gefaßt, ließ sich der Bauer hervor. Dann wohl, dann hätte der Frevler gerne Fersengeld gegeben, aber Hansli ließ nicht los, er mußte herhalten, bis er den Buckel voll Schläge und den Kopf ohne Haare hatte. Das war ein sehr wirksames Mittel gegen das Birkenplündern, Mareili und Bäbeli blieben nachgerade so ziemlich sicher in den einsamsten Weiden.

So trieb es Hansli manches Jahr in ganz kurzweiliger Einförmigkeit, dachte gar nicht daran, daß es anders gehen könnte. Eine Woche ging ihm um wie der Zeiger an der Uhr, er wußte nicht, wie; ehe er sichs versah, war es Dienstag, wo er nach Bern fuhr; und kaum war der Dienstag zum Loch aus, war der Samstag da, wo er nach Thun mußte, er mochte wollen oder nicht, denn wie hätte man es in Thun machen sollen ohne ihn? Zwischendurch hatte er die Hände voll zu tun, seine Ladungen zu bereiten, Nachbarsleuten zu genügen, das heißt solchen, welche ihm anständig waren. Unser Hansli war auch ein Mensch, und jeder Mensch, wenn er immer dazu kommen mag, hat gnädige und ungnädige Launen. Wer ihn leicht je getreten, der mußte es klug anfangen, wenn er Besen von ihm kriegen wollte. Der Frau Pfarrerin zum Beispiel hätte er nicht für das doppelte Geld einen Besen abgelassen; sie mochte schicken, wann sie wollte, so war es ihm immer leid, daß er keine vorrätig hätte. Sie hatte ihm einmal gesagt, er mache es wie andere, er tue einige lange Reiser außen um, in der Mitte sei dann lauter kurzes Gstümpel[7]. In diesem Falle komme es ja auf eins heraus, ob sie ihre Besen bei ihm oder bei jemand anders nehme, sagte er darauf, und dabei blieb er, und die Frau Pfarrerin starb, ehe sie wieder einen Besen von ihm bekommen hatte.

Eines Dienstages fuhr er wieder auf Bern mit schwer

7. Kleiner Abfall.

beladenem Karren, den schönsten Besen von seinen liebsten Bäumen, von Röseli, Sternenblume usw. Er zog mit Mühe und schwitzte stark. Er dachte, es sei kurios, sein Karren gehe nicht mehr so von selbst wie anfangs, er müsse gar zu schlimm ziehen, es werde wohl irgendwo fehlen. Er hielt öfters an, um zu Atem zu kommen und die Stirne abzuwischen. Wenn er nur den Stalden [8] auf wäre, der mache ihm Kummer, dachte er. So hielt er auch still beim Murihölzli gerade vor der Leubank. Auf der saß ein Mädchen mit einem Bündelchen neben sich und weinte bitterlich. Hansli hatte ein gut Herz und fragte: „Was weinst?" Das Mädchen sagte, es sollte in die Stadt, und es sei ihm so zwider, es dürfe fast nicht. Sein Vater sei ein Schuhmacher und habe seine beste Kundschaft in der Stadt. Da habe es schon lange Schuhe hineingetragen und nicht anders gewußt. Jetzt habe es in der Stadt einen neuen Haschierer (Gendarmen) gegeben, gar e grusam bösen; der habe es schon mehrere Dienstage, wenn es zum Tore hereingekommen, schrecklich geplagt und ihm gedroht, wenn es noch einmal komme, so nehme er ihm die Schuhe weg, und es müsse ins Gefängnis; es sei verboten, Schuhe in die Stadt zu tragen und damit zu hausieren. Es hätte sagen mögen, was es gewollt, alles habe nichts geholfen. Es habe dem Vater angehalten, er solle es nicht mehr schicken, aber der sei gar ein Exakter und Preußischer, der habe gesagt, es solle nur gehen, er wolle dann schon sehen, wenn man ihm was tue. Aber was ihm das helfe? DSach hätte es dann ausgestanden

8. Steile Straße. So heißt in Bern der unterste Teil der Stadt von der untern, alten Nydeckbrücke bis hinauf zur Gerechtigkeitsgasse; bis zur Erbauung der neuen Nydeckbrücke im Jahre 1840 das Kreuz aller Fuhrleute und der einzige Aarübergang und wichtigste Zugang zur Stadt. Wenn Hansli von Muri herkam, mußte er erst den Muristalden hinunter und dann den Stalden hinauf. Am Ende der Muriallee stand vermutlich auch die Bank, auf der man ausruhen (leuen) konnte.

und die Schande gehabt, daß die Haschierer es genommen.

Hans fühlte großes Mitleiden, besonders weil das Mädchen solch Zutrauen zu ihm hatte und ihm sein Leid geklagt, was es wohl nicht jedem getan. Aber es hab es ihm auf den ersten Blick angesehen, daß er nicht der Wüsteste sei, und was für ein Herz er habe, dachte er. Der gute Hansli! Aber der Glaube mache selig, heißt es.

„Meitschi, da ist dir z'helfe", sagte er; „gib mir deinen Sack, ich kann ihn zwischen die Besen tun, daß ihn kein Mensch sieht. Ich bin wohlbekannt, da kommt keinem Menschen in Sinn, daß deine Schuhe zwischen meinen Besen sind. Kannst mir sagen, wo ich sie abgeben oder dir warten soll, und von weitem hinterdrein gehen, daß es keinem Menschen zSinn kömmt, daß wir etwas miteinander hätten." Das Mädchen machte keine Komplimente. „Wolltest?" frug es mit aufgeheitertem Angesicht, „das ginge mir viel zu gut." Es brachte den Bündel, und Hansli barg ihn, daß keine Katze was davon merken konnte. „Soll dir stoßen oder helfen ziehen?" fragte das Mädchen, als ob es sich von selbst verstehe, daß es das Seine beitrage. „Wie du lieber willst, eigentlich wärs nicht nötig, gschweret hats wegen der paar Schuhe nicht."

Anfangs stieß das Mädchen hinten am Karren, doch nicht lange gings, so war es vorne und zog an der Stange. Es dünkte ihm, es schicke sich ihm hier besser, sagte es. Es zog brav, man kann sichs denken, und hatte doch noch Atem genug, zu reden und beiher von allem Bericht zu geben, was ihm im Kopf und auf dem Herzen lag. Sie waren oben am äußern Stalden, Hansli wußte nicht, wie; die lange Allee schien ihm um die Hälfte kürzer geworden zu sein. Hier blieb nach getroffener Abrede das Mädchen zurück, und Hansli zog mit Bündel und Besen unangefochten zur Stadt ein, unangefochten gab er dem

Mädchen sein Bündel, aber ehe sie noch weiter miteinander gesprochen, ehe das Mädchen gedankt, wurden sie durch die Flut von Leuten, Vieh und Fuhrwerk auseinandergedrängt, Hansli mußte sorgen, daß sein Karren ihm nicht entzweigerissen werde.

Somit war die Bekanntschaft aus. Es ärgerte Hansli ein wenig, doch sann er der Sache nicht weiter nach, geschweige daß er es zu Herzen nahm. Wir können leider nicht sagen, das Mädchen hätte einen unauslöschlichen Eindruck auf ihn gemacht, es war auch nicht darnach. Es war ein vierschrötig Ding mit breitem Gesicht, ihre größten Schönheiten waren ein gutes, treues Herz und unermüdlicher Fleiß, diese Züge stechen aber gewöhnlich nicht besonders hervor, und viele halten nicht einmal viel darauf.

Am folgenden Dienstag jedoch, als Hansli wieder den Karren zog, kam er ihm sehr schwer vor; er hätte nicht geglaubt, sagte er zu sich selbst, was das mache, wenn zwei dran zögen statt nur eins. „Ists wohl wieder da?" sagte er, als er gegen das Murihölzli kam, „ich wollte ihm gerne sein Säckli nehmen, wenn es wieder ziehen hülfe; es geht ohnehin nirgends so sauer als von hier bis in die Stadt." Und richtig, das Mädchen saß da auf der Leubank wie vor acht Tagen, weinen tat es aber nicht. „Hast mir wieder was zu laden?" frug Hansli, dem der Karren schon vom bloßen Sehen des Meitschi ganz leicht wurde.

„Es ist mir doch nicht bloß wegen diesem, daß ich da sitze; wenn ich schon nichts in die Stadt zu tragen gehabt, ich wäre gekommen", antwortete das Mädchen; „konnte dir vor acht Tagen nicht einmal danken und fragen, obs was koste." „Das fehlte mir noch, gingest mir ja für ein Handroß, und fragte dich auch nicht, was du fürs Ziehen wollest."

Wie wenn es sich von selbst verstünde, brachte das Mädchen sein Bündel, Hansli barg es, und als ob es es gelernt, stellte sich das Mädchen an die Stange. Es hätte erst gedacht, als es schon von Hause gewesen, es hätte einen Strick mitnehmen sollen, den man hinten am Wagli hätte befestigen können, so könnte es viel mehr abbringen. Das andere Mal aber, wenn es komme, wolle es den Strick nicht vergessen. Dieses Bündnis in betreff gegenseitiger Hülfleistung ging ohne weitläufige diplomatische Verhandlung zu, daß einfacher es wirklich kaum möglich war. Diesmal traf es sich, daß sie auch zusammen heimwanderten, soweit ihre Wege zusammengingen, doch so klug waren beide, daß die Haschierer sie nie zusammen im Tore sahen.

Die Mutter hatte seit einiger Zeit sonderbare Freude an Hansli. Es däuchte sie, er sei so aufgeheitert, sagte sie, er könne den ganzen lieben langen Tag pfeifen oder singen, und er pützerle sich zweg[9], es habe keine Gattig (Art). Er habe sich letzthin eine halbleinene Kutte machen lassen, er komme darin so staadisch[10], nit viel gefehlt, wie der Landvogt. Sie möge es ihm aber auch gönnen, er sei so gut gegen sie, der liebe Gott im Himmel wolle es ihm vergelten, sie könne es nicht, sie könne nichts als für ihn beten. Es sei denn aber doch nicht, daß er alles an die Hoffart hänge, er habe Geld auch. Sie glaube gewiß, wenn der das Leben habe und Gottes Segen, der bringe es einmal zu einer Kuh, von einer Geiß habe er schon lange geredet, aber sie werde es nicht erleben, es sei auch nicht, daß sie so dran hange und meine, es müsse sein.

„Mutter“, sagte einmal Hansli, „ich weiß nicht, wie es geht, ob der Karren schwerer wird oder ich schwächer, ich mag ihn seit einiger Zeit fast nicht mehr allein z'regieren, es geht mir hart an, besonders nach Bern hinein, es geht da so viel bergauf.“ „Glaubs wohl“, sagte

9. Er putze sich zurecht.
10. Städtisch, stattlich.

die Mutter, „warum ladest alle Wochen mehr auf, es grusete mir schon manchmal für dich, von wegen das gibt böse Alter. Dem ist aber gut zu helfen, lade drei oder vier Dutzend weniger, dann magst wohl gfahren wie ehedem.“ „Mutter, das kann ich nicht wohl“, sagte Hansli, „habe ohnehin fast immer zu wenig, und zweimal in der Woche zu fahren, habe ich nicht Zeit; Thun will ich auch nicht fahren lassen, habe meine besten Leute dort.“ „Hansli, und wenn du sehen würdest, ein Eselein zu bekommen? Habe schon oft davon gehört, wie das die allerkommodsten Tiere seien, sie kosteten fast nichts, sie fräßen fast nichts und ganz unwerte Sachen, zögen trotz einem Roß, und sogar die Milch könnte man brauchen — nit, daß ich möchte, aber um so zu sagen.“

„Nein, Mutter“, sagte Hansli, „sie sollen auch bsunderbar köpfig [11] sein, so daß man längs Stück nichts mit ihnen machen kann, und für was sollte ich es die fünf anderen Tage brauchen? Nein, aber Mutter, ich hatte an eine Frau gedacht, was sagt Ihr dazu?“ „Aber Hansli, warum nicht lieber an eine Geiß oder an einen Esel, was dir nicht zSinn kommt! Was willst mit einer Frau machen?“ „He, Mutter, öppe was ein anderer“, sagte Hansli, „dann dachte ich, könnte sie mir helfen den Karren ziehen, es ginge mehr als einmal so leicht, wenn mir eine hülfe, und in der Zwischenzeit könnte sie pflanzen und helfen Besen machen, wo man weder eine Geiß noch einen Esel dazu anweisen kann.“ „Aber Hansli, meinst denn, du findest eine, die dir hilft den Karren ziehen, und die für andere Sachen auch noch was nütze ist?“ frug bedenklich die Mutter. „O Mutter, es ist eine, welche mir schon oft geholfen hat den Karren ziehen“, antwortete Hansli, „und die wäre noch für mehr Sachen gut; aber ob sie die Frau werden wolle, habe ich nicht gefragt. Ich dachte, ich wolle es

11. Besonders störrisch.

Euch zuerst sagen.“ „Du Dillersbub, was du mir nicht sagst! Jetzt ist mir nicht mehr zu helfen!“ rief die Mutter. „Was, bist du auch so einer? Das hätte ich unserm Herrgott nicht geglaubt, wenn er es mir gesagt hätte. Was, eine hat dir am Karren geholfen, und hast sie expreß angestellt dafür? Nein aber, jetzt traue einer noch einem Menschen!“

Da erzählte Hansli die Umstände, wie das so zufällig sich getroffen, und wie das ein Meitschi sei, gerade wie für ihn gemacht, exakt wie eine Uhr, nicht hoffärtig, nicht vertunlich, und ziehen tue es, er wette, ein mittelmäßig Kuhli möchte es nicht. Geredt mit ihm derentwege habe er nicht, aber er glaube, unanständig sei es ihm nicht. Es habe oft gesagt, z'heiraten pressiere es ihm aparti nicht, aber, wenns es zu machen sehe, daß es nicht noch böser es haben müßte als jetzt, da besänne es sich nicht lang und täts. Es wüßte doch dann auch, für was es auf der Welt wäre. Die jüngeren Geschwister wüchsen nach, und es wisse wohl, wie das gehe, die jüngeren seien immer werter als die älteren, und man sinne den älteren nicht daran, daß sie die jüngeren haben nachschleppen müssen.

Das gefiel der Mutter nicht schlecht, und, je mehr sie das Unerwartete verwand und über die Sache nachdachte, desto anständiger kam es ihr vor. Sie legte sich auf Nachricht an und vernahm: Schlechtes wisse man nicht von ihm, es gehe den Eltern brav an die Hand; daneben z'fischen werde es da nicht viel geben. „He nun so dann, desto besser!“ dachte die Mutter, „so hat doch dann keins dem anderen was vorzuhalten.“

Als am Dienstag Hansli den Karren rüstete, sagte ihm die Mutter: „He nun so dann, so red mit dem Meitli! Wenn es will, mir ists recht, aber nachlaufe tue ich ihm nicht, es soll am Sonntag zu uns kommen, so kann ich es gschauen, und man kann miteinander reden. Wenns gattlig (artig) tun will, so wird es schon gut kommen, einmal wird es doch sein müssen." „He, Mutter, das steht nirgends geschrieben, daß es sein müsse; ists Euch nicht anständig, so kann man es ja unterwegen lassen", entgegnete Hansli. „Stürm nur nit und fahr du jetzt und sag dem Meitli, wenn es mich für die Mutter halten wolle, so solle es mir Gottwillche (mit Gott willkommen) sein!"

Hansli fuhr und fand sein Meitschi, und als Hansli in der Stange, das Meitschi jetzt am Strick wacker zogen, sagte er: „Es geht doch mehr als dsHalb ringer, wenn zwei einander helfen und am gleichen Karren ziehen. Ich war am letzten Samstag in Thun und mußte mich fast töten." „Habe es schon oft gedacht", sagte das Meitschi, „es sei einfältig von dir, daß du nicht jemand anstellest; es ging dir alles halb so leicht, und der Verdienst wär größer." „Was willst", sagte Hansli, „bald sinnet man zu früh auf eine Sache, bald zu spät, man ist halt gäng (immer) e Mensch. Aber jetzt däucht es mich, ich möchte eine anstellen; wenn du wolltest, du wärst mir gerade recht. Ich wollte dich heiraten, wenn es dir anständig ist." „He, warum nicht, wenn ich dir nicht z'wüst und z'arm bin", antwortete das Meitschi. „Hast mich einmal, so nützt dich dann das Verachten nichts mehr. Ich werde es auch nie viel besser treffen; öppe einen bekömmt man immer, aber dann was für einen? Mir bist brav genug, hast Sorg zur Sache und wirst e Frau nit für e Hund haben [12]." „He, sie kann es haben wie ich, und ist ihr das nicht gut genug, so kann ich nicht helfen", antwortete Hansli. „Aber ich denke, schlimmer, als dus bisher gehabt, würdest du es bei mir nicht haben. Ists dir recht so, so sollst am Sonntag zu uns kommen, die Mutter läßt dir sagen, du sollest Gottwillche sein, wenn du sie für die Mutter halten wollest." „He", sagte das Meitschi, „was sollte ich anders, bins gewohnt,

12. Nicht wie einen Hund behandeln.

die Mutter für die Mutter zu halten, mich zu unterziehen und es anzunehmen, wie es kömmt, böser und minder böse, sauer und minder sauer. Habe nie geglaubt, ein böses Wort mache ein Loch, da hätte ich ja kein Stück Haut einen Kreuzer groß am ganzen Leib.“ Daneben wolle es, wie üblich und bräuchlich, Vater und Mutter vorbehalten haben. Daneben werden die nichts dagegen haben, es seien ihrer noch genug daheim, und sie würden froh sein, vorabzustoßen, was gehen wolle.

So war es auch. Am Sonntag erschien das Meitschi richtig zu Rychiswyl. Hansli hatte es gut brichtet, so daß es nicht lange zu fragen brauchte, wo der Besenbinder wohne. Die Mutter examinierte es gut über Pflanzen und Kochen, wollte wissen, was es bete, und ob es lesen könne im Testament und auch in der Bibel. Es sei für die Kinder bös, und die hätten sich dessen zu entgelten, wenn eine Mutter sich nicht darauf verstehe, sagte die Alte. Ihr gefiel das Meitschi, und die Sach ward richtig. „Eine Schöne hast nicht“, sagte sie vor dem Meitschi zu Hansli, „und wegem Reichtum wirst auch nicht viel zu rühmen haben. Daneben macht das nichts; von der Hübschi hat man nicht gelebt, und mit dem Reichtum ward schon mancher angeschmiert, daß er meinte, wie eine Reiche er habe, und hinterdrein konnte er dem Schwäher die Schulden zahlen. Wenns gsunder Art ist und werkbar, so wird die Sache sich schon machen. Ein paar gute Hemli und eine doppelte Kleidung, daß du am Sonntag und Werktag nicht gleich daherkommen mußt, sondern dich anders anziehen kannst, wirst du wohl haben.“ „Bhütis ja!“ sagte das Meitschi, „wegen selbem braucht Ihr keinen Kummer zu haben. Ich habe ein ganz neues Hemd, zwei ganz gute und dann noch viere, die aber nicht mehr alles sind. Aber die Mutter hat gesagt, ich müsse noch eins haben, und der Vater hat gesagt, er wolle mir die Hochzeitschuhe machen, und sie sollen nichts kosten. Dann habe ich noch eine bsonderbar gute Pate, die gibt mir allweg auch etwas Schönes, vielleicht gar ein Pfänneli oder ein Breitöpfi, und wer weiß, obs da nicht einmal was zu erben gibt? Sie hat zwar Kinder, aber die könnten sterben."

Gegenseitig vollkommen befriedigt, besonders von des Mädchens Seite, welchem die Wohnung, die sauber gehalten war, neben ihrem Schuhmacherloch voll Leder, Leisten und Kinder wie ein Palast vorkam, gingen sie auseinander, um bald wieder zusammenzukommen und zusammenzubleiben. So geschah es auch, Einspruch gab es keinen, die Vorbereitungen nahmen ebenfalls nicht Monate weg, neue Schuhe und ein neues Hemd sind bald gemacht, wenn man nämlich die Sachen dazu hat, und nach vier Wochen zog Hansli zu zwei den Karren nach Thun, und kurios war es, der alte Karren ging wieder ganz leicht und wie von selbst. Er hätte nicht geglaubt, daß ein Karren sich so zum Guten ändern könnte, es könnte mancher Mensch an ihm ein Exempel nehmen.

Um Hansli reute es manches Mädchen. Den hätte es auch mögen, dachte es; wenn es geglaubt, dem pressiere es, so hätte es ihm schon in den Weg kommen wollen, daß er das Plättergesicht [13] nicht mit dem Rücken angesehen. Es hätte nicht geglaubt, daß Hansli so dumm wäre, der hätte ganz anders weiben können, wenn er es gewußt hätte anzustellen; der werde noch reuig werden vor der nächsten Fastnacht, aber es möge es ihm gönnen, „selber tan, selber han". Aber Hansli war nicht so dumm und ward nicht reuig, er hatte grade ein Fraueli, wie es für ihn paßte, ein demütiges, arbeitsames, genügsames Fraueli, dem es bei Hansli war, als hätte es den Himmel erheiratet.

Gar lange freilich half es dem Hansli den Karren nicht ziehen, der mußte bald wieder einspännig fahren.

13. Breites, dummes Gesicht.

Aber als einmal ein Bube da war, tröstete er sich; ein sonderbar munterer sei er, sagte er, im Hui sei der nachgewachsen, daß er ihm helfen könne, und unversehens ziehe der den Karren alleine. Sein Fraueli wollte zwar bald wieder sich einspannen. Wenn sie sich pressierten mit Heimkommen, so möge es der Bub wohl aushalten, die Großmutter gebe ihm unterdessen schon zu trinken, meinte es. Aber der Bub meinte es anders, wohl, der machte ihnen den Marsch. Sie hatten sehr pressiert mit dem Heimfahren, aber noch waren sie mehr als eine halbe Stunde vom Hause entfernt, als das Fraueli ausrief: „Mein Gott, was hört man?" Es waren Töne, als ob man ein junges Schwein am Messer hätte. „Mein Gott, was ist dort, was hats gegeben!" rief wiederum das Fraueli, ließ den Karren fahren und lief davon. Es war die Großmutter, welcher der Bub mit Brüllen den Angstschweiß ausgetrieben, und die sich nicht anders zu helfen wußte, als ihn der Mutter entgegenzutragen in tausend Ängsten, er falle in Krämpfe. Der schwere Bub, die Angst und das Laufen hatten die alte Frau so außer Atem gebracht, daß es die höchste Zeit war, daß jemand ihr den Bub abnahm. Sie war außer sich, und lange gings, bis sie sagen konnte: „Nein, so will ich nicht dabeisein, so einen handlichen habe ich mein Lebtag nie gesehen, lieber will ich den Karren ziehen." Die guten Leute erfuhren es, was es heißt, einen Zwingherrn im Hause zu haben, wenn es auch nur ein kleiner war.

Das tat aber ihrem Haushalt keinen Abbruch, das Fraueli waltete verzweifelt brav daheim, pflanzte viel, half Besen machen, überstürzte nichts, aber machte immer was, als ob es nie müde würde, und alles ging ihm flink von der Hand. Hansli war ganz verwundert, wie gut er zwegkam mit einer Frau, und wie sein Geld sich mehrte. Er empfing ein Ackerli, die Mutter erlebte eine Geiß, als käme sie von selbst, und bald zwei. Eseli wollte Hansli keins, aber er mußte sich mit dem Müller, der in die Stadt fuhr, verbinden, um einen Teil seiner Besen führen zu lassen, was freilich den Profit etwas schmälerte und Hansli sehr reute, denn jeder Kreuzer tat ihm weh, der nebenausging.

Hanslis Leben gestaltete sich wiederum glatt und eben, die Tage folgten einander ungefähr wie die Wellen im Fluß, eine von der anderen kaum zu unterscheiden. Die Besenreiser wuchsen alle Jahre, seine Frau brachte fast alle Jahre ihm ein Kind, ohne daß es sie viel irrte. Sie bekam es, legte es ab, es schrie alle Tage ein wenig, es wuchs alle Tage ein wenig, und handumkehrt konnte man es schon brauchen. Die Mutter sagte, sie sei alt und habe das nie so gesehen. Sie mahnten sie an nichts besser als an junge Katzen, die nach sechs Wochen schon mausen könnten.

Und mit den Kindern war der Segen da, je mehr Kinder, desto mehr Geld. Ja, man denke, die Mutter erlebte die Kuh noch. Wenn sie aber nicht gesehen hätte, wie Hansli sie bezahlt, sie hätte sich kaum ausreden lassen, er habe sie gestohlen.

Und hätte die Mutter noch zwei Jahre länger gelebt, so hätte sie erlebt, daß Hansli Eigentümer wurde des Häuschens, in welchem sie seit Jahren gewohnt, mit einer Taglöhnergerechtsame, welche ihnen mehr als genug Holz brachte und Land wohl für eine Kuh und zwei Schafe, welche besonders kommod sind, wenn man Kinder hat, welche wollene Strümpfe brauchen. Hansli blieb freilich ziemlich viel darauf schuldig, aber es war festes Geld, welches ihm stehen blieb, solange er fleißig zinsete. Übrigens machten ihm, wenn er das Leben hätte, die Schulden keinen Kummer, sagte er, und er hatte recht.

Hansli erfuhr es, wie die ersten Kreuzer zu erübrigen am schwersten hält. Es ist immer ein Loch da, durch welches sie entschlüpfen wollen, oder ein Mund, der sie verschlingen will. Ist einmal nachgewerchet, daß man ohne Schulden ist, mit ganzen Kleidern behaftet und ohne was vorgefressen zu haben, dann geht es schon. Es bildet sich der Boden unter den Füßen, es zaunet[14] immer besser, der Bach breitet, das heißt, das Vorschlagen wird leichter und größer, wenn nämlich eins nicht ist: wenn sich die Lebensweise nicht ändert. Da liegen Klippe und Sandbank nebeneinander, und die Durchfahrt ist merkwürdig schmal. Da wachsen gerne aus dem Boden herauf die Bedürfnisse über Nacht wie Schwämme auf dem Mist, und wenn nicht beim Mann, so doch beim Weib, und wenn nicht bei den Eltern, so doch bei den Kindern. Auf einmal sind hundert Dinge nötig, an die man nicht gedacht, und anderer schämt man sich, wo man nichts anderes gewußt. Man überschätzt, was man hat, weil man vorher nichts gehabt, überschätzt sich, weil man das Gedeihen sich selbst zuschreibt, überschätzt seine Zukunft, weil man sie für notwendige Fortsetzung der Vergangenheit hält, und ändert die ganze Lebensweise. Im Verhältnis, daß der Verbrauch zunimmt, nimmt der Fleiß ab und somit der Erwerb, und wie man aufgeschossen, fällt man wieder. Die Herrlichkeit vergeht, wie sie gekommen, denn es ist noch immer wie ehedem: „Der Hochmut kommt vor dem Fall."

Das war nun bei Hansli aber nicht. Er lebte und schaffte durchaus im gleichen fort, vertat fast kein Geld, freute sich dann aber auch, daheim was Warmes zu finden, und tat sich daran gütlich. Es änderte nichts, als daß nach und nach die schaffenden Kräfte sich mehrten. Das Fraueli besaß, sich selbst ganz unbewußt, die merkwürdige, seltene Kunst, die Kinder alsbald zu gebrauchen, sie sich selbst helfen zu lehren jedes nach seinem Alter und das ganz ohne viel Redens, es wußte selbst nicht, wie es das machte. Ein Pädagog hätte sicherlich darüber

14. Es gibt aus.

kein vernünftig Wort von ihm herausgebracht. Sie warteten sich gegenseitig, halfen dem Vater mit dem Besenmachen, der Mutter trugen sie ab und zu, halfen beim Pflanzen, keines bekam eine Ahnung von der Süßigkeit des Müßigganges, des träumerischen Herumlungerns, und doch wurde keines strapliziert oder vernachlässigt mit Speise oder Unreinlichkeit. Sie wuchsen wie die Weiden am Bach, waren gesund und froh. Die Eltern hatten nicht Zeit, mit den Kindern Narretei zu treiben, aber die Kinder fühlten die Liebe der Eltern, sahen, daß sie mit ihnen zufrieden waren, wenn sie ihre Sache gut machten. Die Eltern beteten mit ihnen, und am Sonntag las der Vater sein Kapitel und erklärte, was er wußte, und derentwegen hatten die Kinder großen Respekt vor ihm, betrachteten ihn wirklich als den Hausvater, der mit Gott rede und, wenn sie nicht gehorchten, es Gott sage und dem Heiland. Der wahre Respekt der Kinder vor den Eltern hängt ganz bestimmt vom Verhältnis der Eltern zu Gott ab, wie es die Kinder wahrnehmen können. Wenn das nur alle Eltern bedächten!

Ja, unser Hansli war selbst unter andern Leuten als nur unter den Kindern eine Art Respektsperson. Er war so bestimmt, so zuverlässig, gescheute Worte gingen von ihm, man sah ihn niemals anders als ehrbar, er tat nicht groß, machte aber auch nicht den Bettler, daß gar manche vornehme Herrenfrau expreß in die Küche kam, wenn sie hörte, das Besenmannli sei da, um zu vernehmen, wie es auf dem Lande gehe, und wie dies und jenes gerate. Ja, in manchem Hause in Bern vertraute man ihm das Liefern von Wintervorräten an, und das trug manchen schönen Batzen ein. In Thun war das wohl nicht der Fall, denn dort ist jede Frau Ratsherrin eine halbe Bäurin und pflanzet für Menschen und Vieh, daß es sie fast versprengt. Aber sie kamen doch in die Küche, hießen ihn gar in die Stube kommen und verklapperten mit ihm manch trautes Halbstündchen bei süßem Thunerwein. Denn wenn sie schon selbst pflanzten, so meinten sie deswegen nicht, daß sie nicht das Recht hätten, zu klappern, mit wem sie wollten, so gut wie die andern Frauen Ratsherrinnen, welche nicht pflanzten. Ja, sogar die Frau Schultheißin sprach mit ihm, es war sozusagen ihr zum dringenden Bedürfnis geworden, ihn alle Samstage zu sehen, und wenn sie mit ihm sprach, so war es sogar erlebt worden, daß der fragende Herr Schultheiß auf Antwort warten mußte. Von wegen es tut auch einer Frau Schultheißin wohl, einmal in der Woche ein vernünftig Wort zu hören und zu reden.

Da einmal geschah es, daß Samstag war in Thun, aber in Thun war kein Besenmannli zu sehen. Das gab großes Aufsehen und bedenkliche Gesichter. Manche Köchin stand unter der Türe mit eingestemmten Armen und ließ kaltblütig oben in der Küche Suppe und Pfanne ineinanderwachsen, daß man mit keinem Lieb sie mehr auseinanderbrachte. „Hast ihn nicht gesehen, nichts von ihm gehört?“ frug eine die andere. Manche Frau schoß in die Küche und wollte die Köchin abputzen, daß sie ihr nicht gerufen, als das Besenmannli da gewesen. Aber da fand sie keine Köchin, fand nichts als was auf dem Feuer, das stank wie der Teufel, das war die Pfanne und die Suppe, die Hochzeit hielten. Selbst die Frau Schultheißin kam in Bewegung, nahm erst ihren Herrn, dann den Landjäger vor, und als beide nichts wußten, stieg sie nach dem Essen selbst ins Städtchen hinab, um nach ihrem Besenmannli zu fragen. Sie sei ganz aus mit Besen, habe in der folgenden Woche fegen wollen und jetzt keine Besen, man solle denken!

Aber das Besenmannli erschien nicht. Es war die ganze folgende Woche eine gewisse Leere fühlbar in der Stadt und am nächsten Samstag große Spannung. „Kommt er? Kommt er nicht?“ war das Losungswort. Und er kam, er kam wirklich, aber ringer wäre er daheim geblieben. Wenn er auf alle Fragen hätte Antwort geben wollen, so hätte er acht Tage in Thun bleiben müssen. Er fertigte die Leute mit dem einfachen Bescheid ab, er hätte zLycht müssen.

„Wem?“ frug ihn die Frau Schultheißin, die er nicht so kurz abfertigen konnte. „Meiner Schwester“, antwortete das Besenmannli. „Wer war sie, und wo wurde sie begraben?“ frug die Dame weiter. Das Besenmannli antwortete kurz, aber wahr; da rief die Frau Schultheißin plötzlich aus: „Aber mein Gott! Was? Seid Ihr der Bruder von der Köchin, die so großes Aufsehen machte, weil es nach dem Tode des Herrn sich herausgestellt, daß sie seine Frau gewesen und ihn also erbe, und die dann darauf plötzlich starb?“ „Gerade der bin ich“, antwortete Hansli trocken. „Aber du meine Güte!“ rief die Frau Schultheißin und schlug die Hände zusammen, „fünfzigtausend Taler geerbt zum wenigsten und jetzt noch mit Besen im Lande herumfahren!“ „Warum nicht!“ antwortete Hansli, „habe das Geld noch nicht, und wegen der Taube auf dem Dache lasse ich den Spatz in der Hand nicht fahren.“ „Taube auf dem Dache!“ rief unwillig die Frau Schultheißin. „Erst diesen Morgen habe ich und der Herr Schultheiß miteinander darüber geredet, und er sagte, dSach sei richtig, das Vermögen müsse dem Bruder zufallen.“ „He nun, desto besser“, antwortete Hansli. „Aber, was ich fragen wollte, soll ich über acht Tage Besen bringen oder über vierzehn?“ „Abah, Bese!“ rief die Frau Schultheißin; „kommt herein, ich möchte sehen, was mein Herr für Augen macht.“ „Ich wär pressiert“, antwortete Hansli, „ich habe weit heim, und die Tage sind kurz.“ „Kurz oder nicht kurz, kommt!“ befahl die Herrin, und Hansli mußte gehorchen, versteht sich.

Sie führte ihn nicht in die Küche, sondern ins Eßzimmer, befahl der Gattung oder Fanchette, oder wie die Kammermagd hieß, dem Herrn zu sagen, das Besenmannli sei da, und eine Flasche Wein zu bringen, und hieß das Mannli sitzen, wie auch das Mannli protestierte, er habe nicht Zeit und müsse weiter. Der Herr war da im Augenblick, setzte sich, schenkte sich auch Wein ein, machte Gesundheit, wünschte Glück, und Hansli mußte erzählen, wie er dazu gekommen. Er machte es kurz. Er könne nicht viel sagen, erzählte er. Bald, als die Schwester vorm Herrn gewesen (konfirmiert worden), sei sie fortgegangen um Arbeit aus. So sei sie von Platz zu Platz gekommen und stark gefördert worden mit Schein. Um sie daheim habe sie sich nie viel gekümmert, sei in der Zeit bloß zweimal heimgewesen und seit der Mutter Tode nie. Er habe sie wohl in Bern angetroffen, aber nie habe sie ihn heißen ins Haus kommen, wo sie gedient, nichts als den Gruß befohlen an Weib und Kinder und wohl gesagt, sie komme nächstens, aber es sei nie geschehen. Freilich sei sie nicht viel in Bern gewesen, sondern habe viel in Schlössern auf dem Lande herum gedient, sei auch im Welschland gewesen, wie er vernommen. Sie habe ein unruhig Blut gehabt und einen wunderlichen Kopf, und die blieben nie lange an einem Orte. Darneben war sie bsunderbar treu und fromm, man konnte ihr unbesorgt anvertrauen, was man wollte. Vor kurzem sei die Rede gegangen, seine Schwester habe einen alten, reichen Herrn geheiratet, der es den Verwandten zum Trotz getan, weil sie ihn schwer erzürnt, aber er habe der Sache nicht viel Glauben gegeben und ihr nicht nachgedacht. Da habe er plötzlich Bescheid bekommen, er solle alsbald zu seiner Schwester gehen, wenn er sie noch lebendig antreffen wolle, sie wohne im Murtenbiet; das habe er getan und sei noch früh genug gekommen, um sie sterben zu sehen, aber viel habe er mit ihr nicht mehr reden können. Als sie beerdigt gewesen, sei er wieder hergekommen, es habe ihm pressiert; seit er hause, habe er nie soviel Zeit versäumt.

„Du mein Gott", sagte die Frau Schultheiß, „versäumt, wenn man dabei fünfzigtausend Taler erbt! Und wollet Ihr denn bei einem solchen Vermögen fortfahren Besen machen und damit hausieren?" „He, das ist so, Frau Schultheißin", sagte Hansli, „ich traue der Sache nicht recht, es dünkt mich, es hätte keine Gattig (Art), daß ich soviel erben sollte. Daneben sagt man mir, es könne nicht fehlen, und wenn die Zeit um sei, werde ich es frei und frank in die Hände bekommen. Nun, sei das, wie es wolle, so fahre ich einstweilen im alten fort. Wenn es fehlen sollte, müßten die Leute nicht lachen: ‚Der hat schon gemeint, er sei ein Herr, und kann schön wieder an seinem Karren ziehen!' Habe ich einmal das Geld, werde ich es mit den Besen wohl lassen, obgleich es mich reut und mir nicht erleidet ist. Aber die Leute würden doch reden und ein Gespött haben, wenn ich es täte, und das mag ich auch nicht. Bauer sein ist auch eine schöne Sache, und wenn man Geld hat, wird schon ein Hof zu kaufen sein. Ich habe Gottlob ein Häuschen und Land fast für zwei Kühe, und bei meinem Fahren habe ich manchmal gedacht: ‚Wäre ich nicht das Besenmannli, so möchte ich Bauer sein!', und vielleicht brächte ich es zweg, so einen mindern Hof zu kaufen, wo für alle meine Kinder zu arbeiten und zu essen genug wäre; fest kann man dann sitzen."

„Aber ist das Vermögen in saubern Händen? Können da keine Gefährde getrieben werden?" frug der Herr Schultheiß. „Ich glaube, es sei sicher", sagte Hansli. „Ich habe die, welche am meisten dran machen können, probiert. Ich habe ihnen Geld angeboten, wenn sie machten, daß ich zum Erben komme. Da haben sie gescholten und gesagt, ghörs mir, werde ich es erhalten, ghörs mir nit, mache man da nichts mit Geld, für die Kosten werde man mir seinerzeit die Rechnung machen. Da sah ich, daß die Sache am rechten Orte ist, und mag jetzt wohl warten, bis die Zeit um ist." „Nein aber", sagte die

Frau Schultheißin, „das ist mir unbegreiflich; das ist mir eine Kaltblütigkeit, die in Israel selten gefunden wird, die mich aus der Haut triebe, wenn ich Eure Frau wäre.“ „Die tut es nicht“, sagte Hansli, „bis sie jemand brichtet, wie sie wieder hineinkönnte.“

Diese Kaltblütigkeit und das Fortfahren mit den Besen versöhnte viele Leute mit dem sonst so gerne beneideten sogenannten Glücklichen, während andere es als Beschränktheit und Dummheit verhöhnten. Einige meinten, Hansli sei dumm, und wer gescheut sei, könne da was zu fischen kriegen. Sie liefen ihn an, suchten ihm angst zu machen und hintendrein mit dem Anbieten ihrer Hülfe zu trösten. Andere wollten das Erbe ihm abkaufen, er kriege es doch nie, sagten sie. Es gebe da Prozesse, deren Ausgang er nicht erlebe; wo da Geld nehmen, um sie zu speisen? He, sagte Hansli, es sei alles ungewiß auf der Welt, einstweilen wolle er sich noch besinnen, es sei dann noch frühe genug, zuzusehen, wenn die Sache sich stecken sollte.

Die Sache steckte sich aber nicht. Zur gesetzten Zeit erhielt er Bericht, er solle auf Bern kommen; dSach sei im reinen.

Als er als ein reicher Mann heimkam, weinte seine Frau gar mörderlich und himmelschreiend. Er mußte mehrmal fragen: „Was hats gegeben, ist ein Unglück geschehen?“ „Jetzt“, sagte endlich die Frau, die, je seltener sie weinte, um so schwerer zu sich selber kam, „jetzt wirst mich verachten, da du so reich bist, und denken, hättest nur eine andere! Ich tat, was mir möglich war, aber jetzt bin ich nichts mehr, ein alter Kratten. Oh, wenn ich nur schon unter der Erde wäre!“ Da setzte sich Hansli auf den Vorstuhl und sagte: „Hör, Frau, du weißt, fast dreißig Jahre haben wir gehaushaltet im Frieden; was das eine wollte, wollte das andere auch. Geprügelt habe ich dich nie, ja, die bösen Worte, die wir uns gegeben, wären bald gezählt. Jetzt,

Frau, fang mir nicht an, wüst zu tun und ein Neues anzufangen, es soll zwischen uns beim alten bleiben. Das Erb kommt nicht von mir, es kommt nicht von dir, es kommt von Gott für uns beide und für unsere Kinder. Das kann ich dir sagen, und das soll fest sein wie ein Wort aus der Bibel, daß, sobald du mir noch einmal davon anfängst mit Heulen und ohne Heulen, so prügle ich dich mit einem neuen Seil, daß man dich am Bodensee kann schreien hören. Dabei bleibts; jetzt mach, was du willst!"

Das lautete sehr bestimmt, bestimmter als der Briefwechsel zwischen Preußen und Österreich. Die Frau wußte, woran sie war, sie kannte Hansli, sie wärmte dieses Lied nicht mehr auf, es blieb unter ihnen beim alten. Sie zogen einträchtig am Karren, und der Karren blieb ganz leicht.

Hansli kaufte alsbald einen großen Hof, damit er für seine Kinder zu arbeiten und zu essen hätte. Aber ehe er als Besenmannli abtrat, machte er noch ein schön Stücklein: allen seinen Kunden brachte er noch ein Dutzend Besen als Geschenk ins Haus. Er sagte nachher oft und gewöhnlich mit Wasser in den Augen, das sei der Tag, den er am wenigsten vergessen könne; er hätte nie geglaubt, daß er den Leuten so lieb sei. Er behielt als Bauer den gleichen Fleiß und die gleiche Einfachheit, betete und arbeitete wie vorher, und doch wußte er zwischen Bauer und Besenbinder den Unterschied zu machen, daß der erste zu geben, der andere zu nehmen hatte, tat beides gleich unbeschwert. Er hatte längst gewußt, was einem Bauernhause wohl anstehe, das vergaß er nicht und führte es jetzt in seinem Hause aus. Was er gerne gehabt für sich, das tat er auch an andern.

Das gleiche Maß hielt er mit den Kindern, das war wohl der schwerste Punkt. Er wußte wohl, daß er sie jetzt etwas besser kleiden mußte als des Besenbinders

Kinder, aber den ebenrechten Grad darin zu treffen, war nicht ganz leicht; nicht leicht war es, die Kinder zu befriedigen und es dem Publikum zu treffen, daß es nicht schrie über das Zuwenig oder das Zuviel. Hansli traf es nicht übel, und seine Frau stimmte ihm bei. Sie kleideten ihre Kinder dauerhaft und stattlich, meist in selbstgemachtes Zeug, aber er duldete nichts Auffallendes, in die Augen Schreiendes an ihnen. Er sagte ihnen oft: „Kinder, tut nicht groß, machet nie den Narrn, sei es, mit was es wolle. Sobald eins von euch die Leute ärgert, sei es mit diesem oder mit jenem, so zählt darauf, ihr müßt von allen Seiten hören: ‚Das mag wohl, es ist ja des Besenbinders Kind; der zöge noch am Karren, wenn er nicht geerbt. Es wäre noch mancher reich, wenn er es erben könnte, das ist keine Kunst.' Ich schäme mich mein Lebtag dessen nicht, es kann mir Besenbinder sagen, wer will, aber ich bin auch nicht hochmütig; werdet ihr es aber, so werdet ihr euch des Vaters und der Mutter schämen, und die Leute werden euch den Besenbinder vorhalten euer Leben lang. Darauf zählt!"

Die Kinder glaubten daran und taten darnach. Indessen wollen wir nicht sagen, daß Eltern und Kinder alle Färbung ihrer frühern Lebensweise hätten abstreifen können und immer ganz fest und sicher auf dem neuen Boden umhergeschritten wären, das ist wohl unmöglich, und es braucht Generationen, um in einen neuen Stand hineinzuleben, und, je ängstlicher man es will, je verlegner man tut, was jedoch bei unserm Besenbinder nicht der Fall war, desto weniger gelingt es.

Der liebe Gott ließ sie lange leben, er gab ihnen noch die Freude, zu sehen, wie brave Tochtermänner mit ihren Weibern wohlzufrieden waren und brave Söhnisweiber die Eltern um ihrer braven Männer willen liebten und ehrten, und wenn sie noch jetzt auf Erden wären, so würden sie sehen, wie die Familie Wurzel geschlagen, blüht und Früchte trägt unter den Ehrbaren des Landes, denn sie bewahrt noch jetzt die wahren Lebenskeime der Familie: Fleiß und Frömmigkeit, ein währschaft, kernhaft Wesen, das nicht alle Tage ein anderes wird, je nachdem der Wind geht und die Umstände wechseln.